KB059617

# 라인

이송현 장편소설

사□계절

차
례

노 브레인◦5

너비 5센티미터◦23

왕의 남자◦41

한쪽 발의 균형◦60

검은 개가 왔다◦76

5월 8일◦94

꼬인 놈◦106

봉황의 역습◦117

한밤의 아르바이트 ○ 131

역사는 어디서 시작되는가 ○ 151

두 개의 줄 ○ 167

하늘은 무너지지 않아 ○ 186

이토록 아름다운 ○ 203

살판 ○ 216


작가의 말 ○ 232

# 노
# 브레인

우리에겐 와이어가 존재하지 않는다. 안전장치가 없다는 유일한 공통점, 그래서 서로를 인정할 수밖에 없는 것인가.

"야, 이도! 그 줄, 썩은 동아줄은 아닌지 확인하고 올라가."

도가 줄 위에 올라설 때면 나는 도에게 장난 삼아 한마디씩 하고는 했다.

"너나 잘해."

도가 시큰둥하게 반응했다. 그리고 정작 머리가 깨진 것은 나였다. 나는 벽도 뚫지 못하고 대신에 내 머리를 깼다.

들것에 실려 구급차로 옮겨지고 있었다. 몽롱하다. 팔다리가 허공에 날리는 것 같다. 손끝 발끝이 깃털처럼 가볍다. 그동안 공중으로 뛰어오를 때마다 몸이 깃털처럼 가벼워지기를 바랐다. 그러나 내 몸은 중력을 거부하지 못했다. 지금은 물속에 들어간 것처럼 귀는 멍하고 눈앞은 뿌옇다.

"율, 정신 차려! 이율!"

도가 웬일일까? 도는 말이 없다. 나의 이란성 쌍둥이 형제, 이도. 녀석은 모든 대화를 눈으로 할 만큼 말수가 적었다. 나는 "네 입은 장식이냐?"라는 말로 종종 도의 성질을 긁고는 했으나 도는 나의 놀림 따위에 언제나 무반응으로 맞섰다. 그런 도가 소리를 높여 내 이름을 부르고 있다. 분명, 팔 다리를 움직이지 않았는데도 나는 공중 부양을 한 것처럼 가볍게 어디론가 이동하고 있었다.

영화 속의 순간 이동 장면을 떠올려 보려고 했지만 머리 앞쪽에 흐르는 뜨거운 액체가 끔찍한 상상을 불러일으켰다. 바보가 되는 건 아닐까?

"출혈이 심한데."

남자의 목소리가 들려왔다. 굵은 목소리였다. 우리 아버지도 목소리가 굵었다. 특히 농담을 할 때, 아버지는 평소보다 더 낮게 목소리를 깔았다. 도와 나는 아버지의 굵은 목소리를 듣고서 아버지가 진실을 말하는지 장난을 치는지 눈치채고는 했다.

머리가 점점 뜨거워졌다. 찜솥에 머리를 넣고 찐다면 이런 열기에 휩싸일까? 그러고 보니 아홉 살 때도 머리가 뜨거웠던 적이 있다.

여름 방학이었다. 바쁜 부모님 덕분에 도와 나는 어린 시절

6

부터 방학이면 외가에 보내졌다. 할아버지는 우리를 오래 기다린 택배 받듯이 반갑게 맞이하고는 했다. 펜션을 운영하던 할아버지는 우리가 외가에 가면 숙박계에 실제로 이름을 쓰고 서명을 하게 했다. 숙박계가 사라진 지가 언제인데 할아버지는 우리에게만은 그 오래된 공책을 내밀었다. 서명하기 전, "손님, 얼마 동안 재미있게 놀다 가실 겁니까?" 하고 묻기까지 했다. 나는 바스락거리는 숙박계의 종이 감촉이 마음에 들었다. 내 서명은 별이 되었다가, 달팽이도 되었다가, 알 수 없는 온갖 무늬로 변신하기도 했다. 하지만 도의 서명은 언제나 한결같았다.

'이도.'

녀석은 정자체로 또박또박 바르게 자기 이름을 적고 마지막에 꼭 진하고 동글동글한 마침표를 찍었다. 그래야 서명이 끝나는 것이었다.

우리는 원 없이 놀았다. 이렇게 놀기만 하다가 바보가 되지 않을까, 이렇게 온갖 방법을 다해 새벽부터 밤까지 놀다가 과로로 죽지는 않을까 걱정될 정도로 혼을 빼 가며 놀았다. 외가는 바닷가 마을에 있었다. 할아버지는 눈앞에 펼쳐진 바다를 두고 도와 나에게 늘 큰 소리로 자랑을 했다.

"우리 손자들 재미나게 놀라고 이 할애비가 큰 수영장 샀다."

이토록 스케일이 큰 뻥은 예나 지금이나 없을 것이다. 특히 내 마음에 든 것은 바닷가의 작은 절벽이었다. 그때야 엄청난 절벽이었지만, 열여덟 지금의 우리에게 그 절벽은 바다 쪽으로 돌출한 바위일 뿐이다. 아홉 살의 도는 나와는 달리 수영에 남다른 재능을 보였다. 어린이 스포츠단에서 두각을 나타낸 도의 다이빙 실력은 외가의 바닷가에서도 단연 발군이었다.

외가 옆집에 살던 경준이 형과 세 살 아래의 미향이가 늘 우리와 함께 놀았는데, 나는 볼이 빨간 미향이가 좋았다. 과일 중에 자두가 좋았는데 미향이의 볼이 꼭 자두 같아 보였다. 미향이도 내가 싫지 않은 눈치였지만, 그날의 사건 이후로 미향이는 나를 거들떠보려고 하지 않았다.

"율, 뛰어내릴 수 있겠어?"

파도치는 바다로 먼저 뛰어든 경준이 형이 물 위로 머리만 동동 띄우고서 소리쳤다. 발아래에 펼쳐진 바다는 할아버지가 우리에게 사 준 수영장이 아니었다. 펜션 뒷마당에 펼쳐진 잔디밭과도 달랐다. 먼저 뛰어내린 경준이 형과 도가 바다에 몸을 싣고 나를 올려 보고 있었다.

외가 마당 수돗가에는 빨간 고무 대야가 있었다. 신나게 놀고 오면 다 같이 먹자고 할아버지가 수박 한 덩이를 담가 놓았다. 수박이 생각났다. 파도치는 바다 위, 도의 머리통이 잘 익은 수박으로 보였다.

"율 오빠, 무서워?"

미향이의 말에 나는 오기가 생겼다. 그저 엉덩이로 뛰어내리면 되었을 것을, 나는 로켓 자세로 바다를 향해 돌진했다. 작은 계집애가 아무 생각 없이 했을 "멋지게 뛰어 봐. 도 오빠보다 훨씬 멋지게."라는 말 때문이었다. 그리고 머리가 깨졌다. 바닷물은 짰고 나는 정신이 없었고 빨간 고무 대야 속의 수박이 더는 생각나지 않았다.

머리가 깨진 후, 나는 수박을 먹지 않게 되었다. 수박만 보면 로켓 자세로 바다에 뛰어들었던 미련한 내가 떠올랐다. 머리가 깨져 붕대를 동여맨 나를 보고 귀신이라며 도망가던 미향이는 아홉 살의 나에게 충격으로 다가왔다. 여자의 배신을 체험한 셈이었다. 그리고 차였다. 미향이는 그 사건 이후 도의 뒤통수만 졸졸 따라다녔다. 솔직히 머리가 깨져 열이 났을 때보다 미향이가 나를 거부하며 달아나는 모습을 지켜볼 수밖에 없을 때 머리가 더 뜨겁게 달아올랐다.

머리가 깨진 나를 두고 할아버지는 매일 밤 기도를 했다. 도와 나에게 늘 "이 할애비만 믿어라!"라고 큰소리치던 할아버지가 온갖 신을 나의 이부자리로 불러들이는 시간이었다. 하루는 예수님이 오셨다가 그 이튿날은 부처님이 오시기도 했고 며칠 뒤에는 알라신이 등장하기도 했다. 다양한 국적의 신들은 그날그날 할아버지의 기분과 컨디션에 따라 즉흥적으로 결정되었다. 흥미로웠던 것은 할아버지가 내 이부자리로 초빙하는 신들은 모두 다른 목소리를 갖고 있었다는 점이다. 도는 내 곁에 누워 할아버지의 기도를 함께 들었다. 잠이 들

무렵, 도가 내 귓가에 속삭였다.

"할아버지 기도는 구연동화 같아, 그치? 유치원 때 개나리 반 선생님이 해 주던 구연동화 말이야."

갖가지 신들의 방문 덕분이었는지 내 머리통은 호되게 깨졌는데도 단단하게 자랐다.

외갓집 안방 아랫목, 따끈한 이부자리가 그리웠다.

틀림없이 할아버지 댁이라고 생각했는데 이곳은 온몸이 떨려올 정도로 차가웠다.

"이율, 눈 떠. 정신 차리라고!"

아홉 살 도의 목소리가 아니었다. 머리는 로켓 다이빙을 했을 때처럼 뜨거운데 도의 목소리는 변성기 남자아이의 것이었다. 눈을 뜨라는 도의 말에 나는 힘겹게 눈꺼풀을 들어 올렸다. 눈곱이 끼었는지 눈앞이 뿌옇다. 밝은 빛이 퍼져 보였다. 새하얀 하늘이 펼쳐졌다. 바람의 입김에 슬렁슬렁 움직이는 구름도, 황사 탓에 희뿌연 대기도 감지할 수 없는 새하얀 하늘이었다.

"도……, 온 세상이 하얘. 천국인가, 여기?"

천국치고는 주위가 몹시 소란스러웠다. 진짜 천국이 시끄러운지 조용한지, 나도 안 가 봐서 모르겠다. 하지만 천국치고는 너무나 현실적인 소음이 귓가를 때렸다.

"18세 남자 고등학생입니다. 트램펄린에서 점프하다가 떨어졌다고 합니다. 낙하 당시 속도가 좀 있었고, 좌측 이마가 찢어진 상태구요. 출혈이 계속 있었고 이송 도중 두 차례 구토 증상을 보였습니다……."

고개를 돌려 시끄럽게 떠들어 대는 사내의 얼굴을 확인하려 했지만 목이 잘 돌아가지 않았다.

"천국인가……, 여기?"

"병원."

이제야 도의 얼굴이 선명하게 보인다. 병원이라고 말하는 녀석의 얼굴은 내 처지를 명확하게 인지하도록 했다.

"그것도 하필이면 엄마가 있는 병원."

도의 그다음 말은 내 두 눈을 절로 감게 만들었다. 나는 진심으로, 온 마음을 다해, 기절하고 싶었다.


응급실 침상 곁에 선 도의 표정을 봐서는 내 상태가 정확히 어떤지 가늠할 길이 없다. 녀석은 적은 말수만큼이나 표정 또한 아끼는 편이다. 어렸을 때는 웃기도 잘하고 흥분도 참지 못했다. 그러던 녀석이 사춘기를 묘하게 겪으면서 딴사람이 되었다. 묘하게 겪었다고 해서 나처럼 표면적으로 크고 작은 사건을 만들었던 것은 절대 아니다. 심경의 변화가 도의 DNA 속에서 세포 분열 하듯이 일어났다고나 할까. 엄마는 도에게 아들로서 아주 바람직한 성장 과정이라고 박수를 쳤지만, 글쎄다. 훗날 내 아들이 도처럼 말도 없고 표정도 없다면 나는 녀석이 사이보그가 아닌지 의심스러워 해부하고 싶어질 것이다.

"CT랑 MRI를 찍어 봐야 정확히 알겠는데."

응급 처치를 해 주던 의사가 잘생긴 내 머리통을 살폈다. 도는 아까보다는 좀 더 여유 있어 보였다. 나에게 정신 차리라는 소리를 더 이상 하지 않는 것을 보니 말이다. 도는 팔짱을 끼고 서서 누워 있는 나와 의사를 번갈아 보았다. 밝은 황갈색 눈동자 속에서 나는 도의 속내를 읽었다. 도는 처치를 해 주던 의사를 못 미더워했다. 실력 탓이 아니라, 아버지 돌아가신 뒤 엄마에게 자주 연락을 하고 종종 저녁을 함께 먹고 엄마의 간식을 챙기는 남자였기 때문이다. 남자가 엄마 편에 보내는 당근 케이크는 최고였다. 너무 달지도 않았고 빵이 촉촉한 것이 입에 넣자마자 사르르 녹았다. 물론 엄마의 마음이 이 남자의 정성에 사르르 녹았는지는 알 수 없었다.

"지금 쟤 상태는 어떤 건데요?"

"뇌가 놀랐느냐 아니면 뇌에 멍이 들었느냐, 그게 문제지."

놀란 뇌와 멍든 뇌의 차이는 과연 무엇일까. 내가 듣기엔 별 차이가 없다. 둘 다 정상이 아니라는 것은 기정사실이니까. 도 역시 나와 같은 의견일 것이다. 도는 아예 대놓고 가자미 눈을 하고는 의사를 바라보았다.

"뇌진탕이냐 뇌좌상이냐, 검사 결과 나와야 알 거야. 과장님한테 콜 했어."

"아이 씨, 망했다!"

지금 당장 피를 본 것보다 우리 백발 마녀가 등장한 후의 고통이 더 참기 힘들 것이다. 응급실에서 나와 도를 알아본 간호사가 '흉부외과 과장님네 쌍둥이들'이라고 쓸데없는 참견만 하지 않았어도 불상사는 피했을 텐데. 쌍둥이라는 말에 응급실에 누워 있던 몇몇 경상 환자들이 놀란 눈치였지만 이런 반응은 그러려니 한다.

사춘기 이후로 도와 나의 생김새는 더욱 뚜렷하게 차이가 났다. 도는 혼혈아다. 그렇다고 우리 엄마나 아버지 중에 외국인이 있냐, 하면 그것도 아니다. 우리 엄마 아버지는 그야말로 대한민국 순수 혈통을 자랑하는 위인이었다. 도는 병원에서 태어나는 순간, 나의 하나밖에 없는 형제가 되었다. 우리는 같은 날 같은 병원에서 태어난 동기였다. 문제는 도를 낳은 친모가 도를 신생아실에 놔두고 증발해 버렸다는 사실이다. 엄마 아버지는 도의 외모에 홀랑 넘어가 도를 내 쌍둥이 형제로 만들어 버렸다. 엄마는 도가 입양아라는 사실을 감추지 않았다. 심지어 대놓고 도에게 잘생기지 않았다면 넌 내 아들이 못 되었을 거야, 라는 말도 안 되는 소리까지 했다.

"야, 도. 백발 마녀가 오면 난 실어증인 척할 거야. 그러니까 너도 동참해."

백발 마녀는 우리 엄마 별명이다. 물론, 도는 엄마를 두고 백발 마녀라고 하지 않는다. 녀석은 엄마 애호가니까. 하지만 나에게 엄마는 더도 덜도 아니고 딱 백발 마녀다. 나는 도와 달리, 엄마 기피자다.

엄마는 나를 두고 그런 말을 한 적이 있다. 같은 자식이라도 전생에 은혜를 입어 인연을 맺은 자식이 있는가 하면, 전생에 지독한 원수가 현생에 부모와 자식으로 만나는 악연도 있는 법이라고. 그 말을 할 때, 나를 똑바로 바라보는 엄마의 시선은 나에게 '징그러운 원수야.'라는 말을 건네고 있었다.

솔직히 크고 작은 사건 때문에 내가 엄마를 좀 귀찮게 한 것은 사실이다. 하지만 성장기 남아에게 그건 어디까지나 통과 의례일 뿐이다. 미끄럼틀에서 뛰어내리다가 팔이 부러진 것은 좀 더 박진감 있게 술래잡기를 하고 싶었던 열망 탓이었다. 텔레비전 만화 영화를 놓치지 않기 위해 전력 질주를 하다가 교통사고를 당한 것은 부당하게도 만화 영화를 재방송해 주지 않았던 방송국 때문이었다. 캠핑 가서 발에 화상을 입은 것은 돈가스를 튀기던 프라이팬에 거대한 불기둥이 일어난 탓이었다. 내가 불붙은 프라이팬을 발로 차서 근처 물가로 날리지 않았다면 그날의 캠핑 멤버는 바비큐가 되었을지도 모른다.

"출혈이 여기 말고 또 있나 보네. 머리 밀어 볼까?"

도는 신경외과 남자의 말에 눈살을 찌푸렸다. 나는 시트 아래로 주먹을 움켜쥐는 도의 손을 붙잡았다. 녀석이 차분히 숨을 내쉬었다. 자기 통제 능력 하나는 탁월한 도였다.

이마만 찢어진 줄 알았더니 옆머리까지 찢겨 있었다. 몸에 피가 남아도는 것도 아닌데 그렇게 많은 피가 한 구멍에서 흘러나올 리가 없지. 응급실은 두 번 다시 오고 싶지 않다고 생각할 때, 옆 침대에서 어린 아기가 울자 아이 엄마가 더 큰 소리로 우는 모습을 보고 말았다. 도와 나는 넋을 잃고 아이 엄마를 주시했다. 내 머리 사진을 들고 신경외과 의사가 다가왔다. 그 뒤로 우리 백발 마녀께서도 등장하셨다.

"일시적인 뇌진탕이야. 출혈이 심해서 두개골이 깨진 건 아닌가 걱정했는데 다행히 두개골은 괜찮네."

신경외과 의사의 말에 엄마 얼굴이 습자지처럼 구겨졌다. 그런 엄마 얼굴을 보고 있자니 입 안의 침이 말랐다. 엄마는 침대에 누워 있는 나에게는 눈길도 주지 않고 내 해골 사진만 뚫어져라 바라보았다.

'엄마도 늙었구나. 주름이 장난 아니네.'

갑자기 엄마가 조금 안쓰럽게 느껴진 나머지 그럴싸한 위로의 말 한마디를 건네고 싶은 마음이 들었다. 도와 눈이 마주쳤다. 녀석은 내가 무슨 말을 할지 아는 듯 고개를 가로저었다. 그러나 가만히 있을 내가 아니다.

"뇌진탕이면 뇌가 놀란 거네요. 놀란 거는 크게 걱정할 필요가 없는 거니까. 그치, 엄마?"

나의 위로는 엄마에게 분노를 지피는 도화선이 되었나 보다. 혈압이 오르는지 엄마의 귀가 새빨개졌다.

"놀랐겠지. 안 놀랄 수가 없지. 이율, 네 뇌가 그동안 참 오래 버틴 거다."

엄마는 나이가 들면서 대외용 매너가 점점 사라지는 모양이다. 동료 의사 앞에서 거침없이 내 등짝을 후려쳤다. 백발 마녀의 주특기는 장풍과 맞먹는 등짝 후려치기 기술이다.

"우아아앗!"

익숙해질 법도 한데 매번 처음 맛보는 듯한 고통이다. 응급실 밖으로 나가는 도의 등짝을 보면서 나는 참으로 도가 부러웠다.

응급실에서 치료를 마치고 집으로 돌아온 뒤, 깨진 머리 덕분에 나는 내 머리통이 완벽한 짱구라는 사실을 알게 되었다. 빡빡 밀어 버린 헤어스타일은 강하고 거친 남자를 표현하기에 딱 알맞은 스타일이었다. 머리통 앞과 옆을 꿰맨 자국 때문에 상남자의 포스마저 느껴졌다.

골이 흔들린다는 이유로 나는 점심 급식을 먹고 5교시 시작 전에 조퇴를 했다. 반 아이들은 조퇴라니 웬 떡이냐며, 죽지 않고 머리 깨지는 비법을 전수하라고 나에게 난리였다.

"이율. 뇌가 손상되지 않는 한도 내에서 부탁해."

뒷자리에 앉은 태주는 아예 자기 머리를 내 앞에 들이밀었다. 학년에서 대두를 자랑하는 태주 녀석의 머리통을 바라보며 나는 전화위복의 의미를 곱씹었다.

조퇴증을 끊어 주면서 담임은 뭔가 찝찝하고 못 미더운 투로 나에게 말을 건넸다.

“그래, 머리가 제대로 아물어야 공부도 하지.”

“네. 단단히 아물도록 노력하겠습니다.”

내 대답이 마음에 안 들었는지, 조퇴증에 서명하는 담임 글씨가 엉망이었다. 모두 수업을 받는 시간에 교문 밖으로 나오는 기분은 묘했다. 원래 계획대로라면 집으로 바로 가야 했지만, 참새가 방앗간을 못 지나친다고 했겠다. 나는 집과 반대 방향에 있는 사고 현장을 찾기로 했다. 문제의 트램펄린이 있는 장소는 내가 졸업한 초등학교 근처였다.

“어? 머리 학생이잖아!”

머리 학생이라니……. 머리 학생은 또 뭔가? 신조어인가?

“학생 괜찮아? 그날 내가 학생 때문에 심장 마비로 죽는 줄 알았잖아.”

“하하, 안 돌아가셨네요.”

트램펄린 주인은 내 농담에 입을 쩍 벌렸다. 뒤늦게 내 이마와 머리통에 자리 잡은 붕대를 발견했기 때문일 것이다. 다행히 내가 당신의 트램펄린을 부순 것에 대해서는 청구하지 않을 모양이다.

“내가 초등학생만 타는 거라고 몇 번이나 말했어. 내 말 들었으면 그런 사고 안 당했잖아.”

이 아저씨, 아무래도 내가 머리 터진 값 청구할까 봐 선수 치는 것 같았다. 나는 걱정 말라는 제스처를 보여 주기로 했다.

“그날 아저씨가 제 휴대전화로 쌍둥이 브라더에게 연락해 주신 것 감사드리러 왔어요."

"아, 그래?"

"네, 고맙습니다. 머리도 곧 나을 거고 사는 데 지장은 없을 거래요."

"다행이구면. 그런데 고등학생이 왜 그렇게 트램펄린을 타려고 야단이었어?"

궁금하긴 한가 보다. 초등학생이나 탈 트램펄린을 덩치가 산만 한 고등학생이 웃돈을 주면서 타겠다고 졸라 댔으니 이상할 법도 했겠다. 가게 앞 전봇대에 쓰레기 더미를 부리던 주인이 어슬렁거리는 고양이에게 발길질을 했다. 날카로운 울음소리를 내며 고양이가 담장 너머로 사라졌다.

"슬랙라인 때문에요."

"슬랙라인?"

"네, 일종의 줄타기죠."

"아하, 남사당패!"

"아뇨. 남사당패라뇨. 그건 할아버지들이 좋아하는 거구요."

나는 주머니에서 스마트폰을 꺼내 슬랙라인 영상을 아저씨에게 보여 주었다. 영상을 보는 내내 아저씨의 탄성과 신음이 교차했다. 놀라움과, 젊음을 향한 부러움과 동경이 뒤섞인 탄성과 신음이었다. 아저씨는 내가 억지 쓰며 트램펄린에 올랐을 때보다, 트램펄린이 부서지면서 허공에 튕겨 오른 내 몸이 바닥에 곤두박질쳤을 때보다 더 큰 탄성을 내뱉었다. 슬랙

18

라인은 역시 매력적이다. 멍든 뇌와 맞바꿀 만한 가치가 있는 스포츠다.

　도는 묵묵히 자기 밥을 푸고, 내 앞에 죽을 한 그릇 밀어 놓는다.

　"야, 이도."

　"⋯⋯."

　"넌 사람이 말을 시키면 대답을 해야지."

　나도 밥이 먹고 싶었다. 쌀을 씹고 싶었다. 하지만 백발 마녀가 도에게 명령을 내렸다. 나의 뇌가 정상으로 돌아오기 전까지는 죽을 주라고 말이다. 왜 죽이냐고 따지자, 백발 마녀는 나에게 싸늘한 음성으로 죽을 먹어야 하는 이유를 또박또박 일러 주었다.

　"넌 필요 이상으로 혈기 왕성해. 힘을 좀 빼 놔야겠다."

　결국 엄마가 그만, 이라고 할 때까지 나는 꼼짝없이 죽 그릇을 받아야 했다. 조선 시대 신하들이 가장 무서워했던 것이 사약 사발이라면 나는 죽 사발이 가장 무섭다. 죽은 신체 건강한 열여덟 청소년의 기를 죽이며 서서히 사지의 기운을 빼앗아 가는 음식이었다.

　솔직히 간밤에 백발 마녀 심기를 건드리지 않았다면, 죽 사발 받을 일은 생기지 않았을 것이다. 트램펄린 아저씨는 나에게 가끔 와서 점프 연습을 할 수 있도록 더 탄탄한 트램펄린을 약속했다. 슬랙라인에 매료된 게 분명했다. 이 대한민국 땅에 라인 위에서 자신의 건강과 젊음을 챙길 중년이 등장할 날도 머지않았다. 나이 든 사람이라 그런지, 아저씨는 슬랙라인에 얽힌 내 설명에 크게 감동한 눈치였다. 우리나라 남사당 줄타기에 감동받은 독일인이 슬랙라인을 만들게 되었다는 대목에 이르자 아저씨는 냉장고에 진열된 이온 음료를 따서 나에게 안겼다. "스포츠엔 역시 이온 음료지!" 하더니, 급기야 무릎을 치며 "우리 것이 좋은 것이여! 세계적인 것이지."라고 흥분했다.

아저씨와 이런저런 이야기를 나누다가 그만 해가 져서야 집에 들어갔다. 수업을 착실하게 다 받은 도보다도 늦은 귀가였다. 설상가상으로 저녁 약속이 있다던 엄마가 일찍 들어오고 말았다. 대문 앞에서 딱 마주쳤다. 이마의 꿰맨 자국을 앞세워 나는 엄마한테 어리광 작전을 쓰기로 마음먹었다.

나는 엄마에게 콧소리로 흥얼거렸다.

"엄마, 일시적인 뇌진탕에 후유증도 있나?"

무심한 척했지만 후유증이라는 말에 엄마의 왼쪽 눈꼬리가 공중으로 솟구쳤다. 엄마가 몹시 신경을 쓰고 있다는 증거다.

"왜? 어떤데?"

"엄마, 율 멀쩡해."

하루에 한 마디 할까 말까 한 도가 괜한 참견을 했다. 나는 도에게 공갈 주먹을 날렸다.

20

"지난번 검사할 때, 선생님이 두통이나 어지럼증, 구토, 기억력 감퇴 같은 게 있을 수 있다고 했거든."

엄마가 재킷을 벗어 소파에 던져 놓더니 나에게 다가왔다. 그리고 밤바람에 차가워진 손을 내 이마에 가져다 댔다. 엄마의 손은 단단하다. 내 이마를 짚는 엄마의 한 손에 온몸을 의지하고 싶을 만큼이나.

"어지러워?"

"아니."

"그럼?"

"성욕이 감퇴하는 것 같아. 아침에 말이지⋯⋯, 아얏!"

터져서 꿰맨 자리가 아직 여물지 않은 내 이마를 엄마는 맨손으로 가격했다. 그 바람에 나는 뒤로 벌렁 나자빠졌다. 이번엔 엉덩이 쪽 꼬리뼈가 함몰되는 줄 알았다.

"이놈의 새끼가 진짜!"

"왜애! 의사 쌤이 성욕 감퇴도 뇌진탕 후유증이라고 했단 말이야."

소파에 앉아 빨래를 개키던 도가 한숨을 쉬더니 제 방으로 들어가 버렸다. 엄마 귀가 새빨갛게 변했다.

"이율! 너 이놈의 새끼, 그게 과부 엄마 앞에 두고 할 소리야!"

내리 사흘을 죽만 먹었다. 도는 엄마 추종자답게 끼니때마다 내 죽 그릇을 착실하게 챙겼다. 아침저녁으로 지극정성 죽

그릇을 내밀며 조언도 잊지 않았다.

"율, 두뇌에 좋은 호두땅콩 죽이야. 네 머릿속에 뇌가 있는지 의심스럽긴 하지만."

# 너비 5센티미터

"하나, 둘, 셋! 뛰어!"

손 사부의 구령에 맞춰 라인 위로 몸을 날렸다. 달려서 뛰는 동작은 심심했다. 뭐든 뛰려면 색달라야 했다. 창의력, 창조라는 말은 괜히 심심해서 생긴 단어가 아니다. 나는 사부 몰래 그동안 연마한 동작을 선보일 생각이었다. 이른 새벽 손끝에 닿는 잔디의 축축함에 아드레날린이 치솟았다. 서늘하고 상쾌한 느낌이 손바닥을 타고 온몸으로 흘러갔다.

'셋!'과 동시에 두 발이 정확히 땅을 박차고 라인 위로 몸을 튕겼다. 힘차게 튕긴 몸은 라인의 탄성을 최대치로 높여 하늘로 솟구쳤다. 허공에 몸을 날리는 눈 깜짝할 찰나가 좋았다. 온몸에 전율이 일었다. 몇만 볼트의 전류가 머리끝부터 발끝까지 타고 흐르는 느낌이 이렇지 않을까. 두어 번의 점프 끝에 몸을 세워 라인 위에 섰다. 탄성이 강한 줄 위에서 몸이 좌우로 위태롭게 흔들렸다.

"이얏호! 성공이다."

전신을 타고 흐르는 떨림이 묘한 쾌감을 불러일으켰다. 흔들림이 잦아들자 심호흡을 하고 줄 건너편을 조용히 응시했다.

유년 시절, 여자애들이 하는 고무줄놀이에 심취한 적이 있었다. 고무줄의 참 묘미를 알지 못하는 짐승 같은 남자애들의 놀림을 한동안 받았다.

"고추 떼라, 이율!"

"내 고추야!"

그때는 악을 쓰며 받아치곤 했지만, 줄 위에 오를 때면 나는 무의식 중에 앞섶을 손으로 잡고 땅을 박찬다.

"변태 새끼, 느끼냐? 왜 그렇게 부르르 떨어. 율, 그만 떨고 중심 잡아!"

그러나 발동 걸린 몸의 떨림 때문에 중심이 한순간에 무너져 버렸다. 무너진 중심은 여지없이 나를 흙바닥으로 떨어뜨렸다.

"아이 씨, 진짜!"

"그러길래 작작 느껴야지. 다리에 쥐 났냐? 무게 줄여라. 네 다리가 네 몸뚱이를 못 이기면 어쩌겠다는 거야?"

손 사부가 발로 내 엉덩이를 찼다. 풀 위에 눕자, 몸뚱이가 바닥에 버려진 연두부처럼 흐트러졌다. 나른했다. 침대 위에 누워 있는 것처럼 편했다. 눈앞이 온통 하늘이다. 새파란 그 빛에 가슴 한구석으로 서늘함이 몰려들었다.

손 사부가 내 옆에 털썩 주저앉았다.

"이런 상태로는 독일 할아버지 근처도 못 가겠다."

손 사부는 슬랙라인 세계 대회 우승을 꿈꾸고 있다. 슬랙라인 월드컵 우승 트로피를 두 손으로 번쩍 들어 올리는 꿈을 매일 밤 꾸고 있다고 했다. 우리나라 1호 슬랙라이너 손지혁! 타이틀은 그럴싸했지만 손 사부의 현실은 절대 그럴싸하지 못했다.

"이율! 초심을 잃지 마."

지혁 형을 처음 본 것은 홍대에서였다. 공원이라 하기엔 너무 작고 놀이터라 하기엔 아이들이 좀처럼 보이지 않는 공터였다. 나무와 나무 사이에 긴 줄을 묶고 있는 형의 뒷모습은 초라하기 짝이 없었다. 행인들 그 누구도 형의 행동에 관심이 없었다. 엉덩이를 뒤로 쭉 빼고 혼자서 뭔가를 묶어 대는 모양새가 나보다 더 한심해 보였다.

'고무줄 갖고 놀 나이는 한참 지났을 텐데, 저건 뭐지?'

도가 배우는 전통 줄타기와는 또 다른 줄타기였다.

"뭐 묶는 거예요?"

"슬랙라인."

슬쩍 다가가 보니, 일반 고무줄은 아니었다.

"아, 줄이구나."

갑자기 하던 일을 멈추고 나를 빤히 쳐다보더니 지혁 형은 또박또박 천천히 나에게 말했다.

"그냥 줄 아니고 슬랙라인."

여차하면 때릴 기세였다. 별것도 아닌 것에 열을 내는 사람이랑 말을 섞은 내가 잘못이지. 발길을 돌려 가던 길을 갔다. 그렇지만 시간 때우려고 놀러 나온 탓에 발길을 돌린다고 한들 뚜렷한 목적지가 있는 것도 아니었다. 홍대 주변을 어슬렁거리다가 다시 돌아온 곳은 아까 그 공터였다. 무슨 운명의 장난이었는지, 나는 엉덩이를 쭉 빼고 줄을 묶던 사내 대신 줄 위에서 신명 나게 노는 사내를 만났다. 그토록 가벼운 몸놀림, 그토록 힘찬 도약을 나는 본 적이 없었다. 땅 위에 발을 딛고 선 나까지도 공중으로 치솟게 만드는 광경이라니!

쿵, 쾅, 쿵, 쾅, 쿵쿵 쾅, 쿵, 쾅. 내 심장 소리에 맞춰 그가 줄 위를 넘나드는 것인지, 허공을 향해 몸을 날리는 그의 비트에 맞춰 내 심장이 뛰는 것인지 알 수 없었다. 미친 듯이 펌프질하는 심장 박동과 라인 위에서 노는 그의 점프와 공중 동작이 하나로 묶여 버렸다.

그는 전생에 메뚜기나 방아깨비, 개구리, 뭐 기타 등등 제자리에서 높이 뛰어오를 수 있는 곤충이나 곤충 비슷한 짐승이었는지, 하늘로 솟구치는 폼이 가히 예술이었다. 뭐랄까. 줄 위에서 날아오르는 모습을 보고 있자면 힘이 느껴졌다. 저 사람, 진짜 힘 있게 제대로 살고 있구나, 하는 생각이 보는 사람의 가슴을 치게 만들었다. 두려움이나 공포의 대상이 그에게는 존재하지 않는 것 같았다. 나는 그게 참으로 부러웠다.

구경꾼들이 작은 공터로 모여들었다. 그가 하늘로 솟구칠 때마다 사람들은 아낌없이 환호성을 질러 댔다. 아버지의 손을 잡고 선 세 살가량의 꼬마는 흥이 나는지, 엉덩이를 들썩이며 제자리에서 깡충거렸다. 지팡이를 짚고 선 노인은 그가 줄의 탄성에 힘입어 허공에서 다리를 가로지를 때면 "어이쿠야!" 하고 소리를 질렀다.

나는 샛노란 줄에서 눈을 뗄 수가 없었다. 너비 5센티미터의 줄 위에서 도대체 무슨 일이 벌어지고 있는 것일까. 땅을 딛고 선 내 발을 내려다보았다. 운동화 속에서 발가락들이 꿈틀대기 시작했다. 순간, 나는 나의 내일이 저 너비 5센티미터의 줄 위라는 것을 의심치 않았다.

줄 위에서 펼쳐지는 묘기를 본 사람들은 박수를 치고 휘파람을 불었지만, 묘기가 끝난 뒤에는 썰물처럼 공터를 빠져나갔다. 한 아이가 부모에게 배우고 싶다고 징징대자, 아이 엄마는 가차 없이 아이의 목덜미를 잡아당기며 겁을 줬다.

"구경만 하는 거야. 저런 거 하다가 떨어지면 머리 깨져. 그러면 바보 돼. 너, 바보 돼도 좋아?"

바보가 되지 않은 줄 위의 사내가 땅으로 내려와서 줄을 정리하고 있었다. 그도 아이 엄마의 말을 전부 들었을 것이다.

목청이 좀 컸어야 말이지. 바보라는 말 때문인지 머리가 깨진다는 말 때문인지 아이는 더는 줄을 타 보겠다고 조르지 않았다. 서슴없이 발길을 돌리는 아이가 원망스러웠다. 줄을 접고 돌아서는 사내와 눈이 마주쳤다. 그는 어깨를 으쓱해 보이더니 내 어깨를 툭 치고 돌아섰다.

"사부로 모실게요."

다짜고짜 내던진 말에 그가 천천히 나를 돌아보았다. 날이 저물고 있었다. 슬랙라인을 묶어 놓았던 나무와 나무 사이로 해가 지고 있었다. 줄을 타던 사내의 얼굴이 붉게 물들었다. 지는 해 탓인지 내가 사부로 모시겠다는 말 때문인지, 아무튼 얼굴이 필요 이상으로 붉어졌다.

"네가 누군 줄 알고 내가 너의 사부가 되어야 하는데?"

"하고 싶어져서 그래요. 그 줄……, 아니 슬랙라인이라는 거."

그의 손에 들린 노란 줄에 시선을 던졌다. 돌돌 말린 롤 케이크 같은 줄이 흥미로웠다.

"아무나 라이너로 받아들이고 싶지 않아. 난 큰 계획이 있거든."

그의 낡은 운동화에 눈길이 갔다. 바람과 비, 햇살을 맞으며 줄 위에 섰을 그의 날들을 상상해 보았다. 오래된 것들은 누군가의 신뢰를 얻기에 충분했다.

'어럽쇼? 아무나?'

눈썹이 절로 공중으로 솟구쳤다. 듣기 언짢은 말이 있으면 내 왼쪽 눈썹은 위로 솟구친다. 사회생활 제대로 하려면 감정 조절을 잘해야 한다며 엄마는 나에게 이 버릇을 고치라고 했지만, 내 눈썹은 조건 반사이기도 했고 유전이기도 했다.

"난 슬랙라인 월드컵 대회의 우승 트로피를 원하거든. 그 꿈을 함께 이룰 동지가 필요해."

재빨리 주위를 둘러보았다. 공터를 둘러싼 높고 낮은 담장과 철봉, 미끄럼틀, 나무 벤치가 있었다. 내가 아무나가 아니라는 것을 보여 주기로 결심했다. 어쩌면 손사부에겐 뜬금없는 치기로 보일지도 몰랐다.

"나 역시 아무나가 아니라는 걸 보여 주죠. 보고 나면 생각이 달라질 텐데, 어쩌나."

나를 허풍쟁이로 생각하는지, 줄 위의 사내가 대놓고 피식거렸다.

"셋, 둘, 으랏차!"

공터를 가로질러 달렸다. 나무 벤치를 발판으로 삼아 담 위로 뛰어올랐다. 몸을 말아 공중 옆 돌기를 시도했다. 몸속의 아드레날린이 미친 듯이 솟구치는 기분이었다. 경주마가 되기라도 한 듯, 온몸의 뜨거운 피가 다리로 몰렸다. 있는 힘껏 발을 구르고 장애물을 뛰어넘으며 나는 자유를 느꼈다. 3미터가량의 벽과 마주쳤지만 그건 나에게 문제가 되지 않았다. 벽주가리 기술을 선보이며 재빠르게 다음 장애물을 향해 몸을 날렸다. 벽을 딛고 담 위에 올라서서 뒤로 몸을 날렸다. 공중 돌기를 하는 순간, 나는 바람이 되고 공기가 되었다. 머리가 땅을 향해 거꾸로 떨어지는 순간, 슬랙라인 사나이와 두 눈이 마주쳤다. 마치 슬로 모션처럼 우리의 시선이 얽히고설켰다.

'한 팀이야, 이제부터 우리는.'

분명 그의 눈빛은 승낙이었다. 나는 여유 있게 윙크를 해 보였다. 흙먼지를 일으키며 바닥에 착지했다. 숨을 몰아쉬며 발아래를 내려다보았다. 낡은 운동화가 눈에 띄었다. 내 운동화 역시 흙먼지와 햇빛에 해져 있었다. 아버지의 사고 소식을 들은 뒤로 한 번도 바꿔 신지 않은 신발이었다. 뒤축도 해지고 밑창은 거의 사라지다시피 낡아 빠진 운동화였다.

"너, 이름이 뭐냐?"

"이율요."

"방금 한 건……."

"야마카시요."

"멋지다. 나쁘지 않아. 난 손지혁이야."

악수를 청하는 지혁 형의 손을 마주 잡았다. 뜨거운 손이었다. 그리고 우리는 그날 이후, 줄곧 줄 위에서 함께했다.

나는 손이 뜨거운 사람이 좋았다. 손이 뜨거운 사람은 왠지 모르게 타인을 잘 보듬어 줄 것만 같았다. 아버지도 손이 뜨거웠다. 더운 여름이면 선풍기 앞을 떠나지 못하는 도와 내 등 뒤로 다가와 뜨거운 손으로 우리 둘을 가슴에 꽉 끌어안고 괴롭혔다. 반대로 겨울이면 나와 엄마는 서로 아버지의 손을 끌어당기려고 경쟁을 벌였다. 그러면 아버지는 자기 소원을 들어주는 사람에게 당신의 뜨거운 손을 내어 주었다.

슬랙라인을 시작하면서 제일 처음 한 일은 낡은 운동화를 벗는 것이었다. 엄마한테 새 운동화를 갖고 싶다고 했다. 돈을 빼돌려서 엉뚱한 짓을 한 오랜 이력 때문에 엄마는 늘 직접 결제하는 것을 선호했다. 하지만 그날만은 두말 않고 나에게 운동화 값을 건네주었다. 나는 가볍고 날렵하게 생긴 파란 운동화를 샀다. 운동화 끈을 단단히 묶으며 하늘을 올려다볼 수 있게 되었다.

"찬 바닥에 그만 누워. 일어나. 다시 연습해 보자, 율."

"아이고고, 죽겠다."

자리를 박차고 일어섰다. 허리를 튕겨 두 무릎으로 일어섰다. 라인의 탄력을 확인한 뒤, 나는 다시 땅을 박차고 라인 위에 몸을 세웠다. 라인을 따라 시선을 건너편으로 멀리 던졌다. 흔들리던 라인이 점점 더 단단해졌다. 처음 슬랙라인 위에 오를 때 손 사부가 귀에 딱지가 앉도록 나에게 했던 말을 중얼거렸다.

"라인과 균형을 이룬다. 라인과 몸이 하나가 된다. 사부 가라사대, 힘을 빼라!"

팔의 위치를 바꿔 다음 동작으로 넘어가려는데 무게 중심이 와르르 무너져 버렸다. 우당탕탕, 쿵! 딱딱한 바닥에 몸뚱이가 나뒹굴었다. 그 바람에 공터 근처에 머물던 비둘기 떼가 놀란 듯 허둥지둥 하늘로 날아올랐다. 날아오른 비둘기들이 전선줄 위에 가볍게 내려앉았다. 살다 살다 비둘기가 부럽기는 처음이었다.

팔자에도 없는 다이어트에 돌입했다. 어제 공원에서 돌아오는 길에 손 사부가 나에게 툭 던지듯 한마디 건넨 것이 시초였다. 그러잖아도 손 사부에게 새로운 기술을 전수받는데 이상하게 몸이 무거워서 신경 쓰이던 참인지라 싫은 소리를 들으니 기분이 영 아니었다.

"율, 살쪘다."

"그럴 리가!"

"다치기는 머리를 다쳤는데 엉덩이가 살쪘네, 큭큭."

나는 슬랙라이너로서 자세가 틀려먹었다는 질타는 받고 싶지 않았다. 그래서 손 사부에게 큰소리를 쳤다. 스키니 몸매가 어떤 것인지 내 몸으로 보여 주겠다!

더 가볍게 도약하기 위해, 줄 위에서 더 날렵하게 움직이기 위해 체중 조절은 해야 했다. 라인 위에서 쉽게 뛰던 동작도, 머리 깨지고 연습이 줄자 대번에 하기 힘들어졌다.

전통 줄타기를 하는 도는 매일 아침 일어나자마자 체중계 위에 올라가 자기 체중을 확인한다. 녀석은 저녁 여섯 시 이후에는 물 말고는 어떤 것도 입에 넣지 않는다. 그것뿐이면 독종 소리를 안 듣겠지. 자기 전에 꼭 윗몸일으키기 300개를 채우고 자리에 눕는다. 도의 복근은 조각칼로 새긴 것처럼 선명했다. 부러워서 죽을 것 같았지만, 부러우면 지는 거라서 늘 콧방귀를 뀌었다. 대놓고 도에게 "야, DNA 자체가 달라. 너에겐 서양인 부모 피가 있잖냐. 복근과 치골에 유리한 구조를 갖고 태어났다고, 넌. 복 많은 새끼다."라고 하기엔 자존심이 허락지 않았다. 도는 아무 말 없이 내 배를 쓱 훑어보다가 내가 누워 있을 때면 내 배를 발로 꾹 즈려밟고 가 버렸다. 내 배를 밟는 도의 발길이 심상치 않았다. 감정이 잔뜩 실린 발놀림이었다.

인터넷을 뒤져 보니 갖은 다이어트 방법이 나와 있었다. 뭐가 제대로 된 방법인지 판단하기 어려울 정도로 다양했다. 같은 반 여자애들한테 물었더니, 말만 엄청 많고 아무래도 정확성이 떨어지는 것 같았다. 살을 빼겠다는데 왜 여자애들은 편식을 도모하는지 이해할 수가 없었다.

고기만 먹어라, 내가 육식 동물이냐!
채소만 먹어라, 내가 토끼 새끼냐!
계란 흰자만 먹어라, 노른자를 무시하는 거냐!
콩만 먹어라, 내가 쥐 새끼냐!

어쩔 수 없이 마지막 도움을 청하기로 했다. 마당으로 나가 그네에 앉아 통화 버튼을 눌렀다. 휴대전화 화면에 '츄파춥스'라고 떴다. 경쾌한 컬러링이 흘러나왔다.

"야, 주다인."

츄파춥스는 주다인의 별명이다. 주다인은 내게 사탕 같은 존재가 아니다. 솔직히 진드기라는 별명이 더 잘 어울렸다. 주다인에게 츄파춥스라는 별명을 붙인 것은 그 애의 몸매 라인 때문이었다.

"꺄! 율 오빠야? 이제 나한테 마음이 생겼구나, 전화도 하고. 그럴 줄 알았어."

얘는 어릴 때나 지금이나 한결같다. 한결같이 자기 자신을 모르고 나를 사랑한다. 그래도 체중 조절에 관해서는 주다인만큼 박식한 애도 없을 거라는 믿음이 있었다. 피겨스케이팅을 하는 아이니까, 뭔가 특별한 비법이 있을 게 분명했다.

"단기간에 살 빼는 방법 좀 알려 줘."

"흠……."

"없어? 없으면 끊어."

"아냐, 아냐! 있어, 오빠."

"빨리 불어."

"그런데 내가 왜?"

이렇게까지 치사한 남자가 되고 싶지는 않지만 어쩔 수 없었다.

"나, 좋다며?"

"오빠, 내가 아무리 오빠 좋아해도 세상에 공짜는 없어."

"뭐? 야, 주다인!"

"나, 만나. 만나면 얼굴 보고 알려 줄게."

주다인 진짜 많이 컸다. 나를 상대로 미끼를 던질 줄도 알고 말이지.

"싫어?"

"에이, 씨. ……좋아."

열쇠는 나에게 없었다. 다이어트의 여왕 주다인의 손에 움직일 수밖에 없는 내 신세라니!

한동네에서 쭉 같이 자란 주다인의 어릴 적 별명은 분홍 돼지였다. 츄파춥스와는 전혀 매치되지 않는 별명이다. 온몸을 분홍색으로 도배하고 내 뒤를 졸졸 따라다녔다. 어찌나 통통했는지, 다인이가 본격적으로 피겨스케이팅을 한다고 했을 때 그 말 없고 점잖은 도마저 바닥을 뒹굴며 웃었다.

그러나 여자라는 생명체는 그야말로 의지력의 결정체였다. 주다인도 독했고, 주다인 엄마는 더 독했다. 분홍 돼지가 갑자기 살이 쭉쭉 빠지더니 나무젓가락이 되어 버렸다. 프라모델 조립에 빠졌을 때, 나는 에반게리온을 조립하면서 어디서 많이 봤는데, 싶었다. 에반게리온은 살이 쏙 빠져 버린 주다인과 라인이 비슷했다. 나와 도는 주다인을 두고 분홍 돼지라며 바닥을 구르는 재미를 잃어버렸다. 주다인이 살이 빠지자 상황은 역전되어 또래 남자애들이 주다인을 졸졸 따라다녔다.

밤바람이 쌀쌀했다. 입춘이 지난 지가 언젠데 발이 시려 죽겠다. 슬리퍼를 갈아 신고 나갈까 했지만, 현관으로 다시 들어갔다가는 도에게 걸릴 게 뻔했다. 대문을 열고 나가는데, 아니나 다를까, 도가 내 등 뒤에 대고 소리쳤다.

"이율! 어디 가? 오늘 저녁, 네가 당번이야!"

동네 사거리 앞 편의점으로 나가면서 나는 긴장을 늦추지 않았다. 얘는 항상 어디 숨어서 나를 지켜보는 것이 취미였다. 한번은 야자 끝나고 가는데 가로등이 깨진 골목의 헌옷 수거함 뒤에서 튀어나와 내 심장을 입 밖으로 튀어나오게 만들었다. 그날 나는 하마터면 여자애를 주먹으로 후려칠 뻔했다. 재미가 들린 주다인은 제설함 안에 숨어 있다가 튀어나오기도 했다. 너무 열 받아서 주다인을 다시 제설함에 가둬 버렸다. 그런 일이 반복되자 나는 주다인이 언제, 어디서, 어떤 상황에 나타날지 몰라 신경을 곤두세우는 것이 습관이 되어 버렸다.

'어라? 쟤가 약 먹었나?'

평소와 달리, 주다인이 편의점 앞에 놓인 테이블에 기대앉아 기다리고 있었다. 그 모습이 측은했다. 잔뜩 늘어져 앉아 있는 모양새가 꼭 물미역 같았다. 전화 목소리는 혈기 왕성했는데, 그사이 무슨 일이라도 있었던 것일까.

"주다인, 너 오늘 몹시 불길해. 내가 다시 갔다가 올 테니까 평소처럼 해."

"뭘?"

물기고 기름기고 죄다 빠진 목소리였다.

"뭐가 뭘이야? 너, 나 만날 때마다 숨어서 놀리느라 바빴잖아. 대강 찾을 수 있는 곳으로 얼른 숨어."

"안 숨을 거야. 그런 유치한 짓, 이제 안 할래."

다른 때 같았으면 "진작에 그럴 것이지."라며 환영했을 터인데 오늘은 영 기분이 이상했다. 주다인이 주다인이 아닌 느낌이랄까.

"야, 오빠가 왔는데 자식이……. 똑바로 못 앉지?"

나는 바지 주머니에 손을 넣은 채, 발로 주다인이 앉은 의자를 툭 걷어찼다. 의자가 위태롭게 흔들렸지만 주다인은 꿈쩍도 하지 않았다. 보도블록 조각이 깨진 곳에 의자 다리가 한쪽 걸려 있었다. 애가 말이 없었다. 커다란 눈으로 나를 올려다보는 눈초리가 심상치 않았다. 더럭 겁이 났다. 풀장 깊이를 대강 아는데, 발이 풀장 바닥에 닿지 않아 허우적대는 꼴과 비슷했다.

"오빤, 내가 우습지? 내가 오빠 좋아한다고 하니까 막 함부로 해도 된다고 생각하지?"

"아니."

"그럼?"

"그냥 예전부터 쭉 함부로 했는데."

최대한 사악한 표정으로 미소를 날려 줬다.

"오빠, 진짜아!"

"시끄럽고. 살 후딱 빼는 방법 빨랑 읊어 봐."

맞은편에 털썩 앉았다. 주다인이 한숨을 작게 내쉬었다. 못 본 동안 더 마른 것 같았다. 이젠 츄파춥스 감도 못 되었다. 주다인의 가는 팔다리를 보니 줄 위에 서도 까딱없게 생겼다. 주다인이 줄 위에 오르고 주다인 위로 똥파리가 앉아도 줄은 바람이 살짝 스쳐 지나갈 정도의 진동만 느낄 것 같았다.

'부러운 것.'

"율 오빠! 나, 배고파. 사발면 하나만 사 주면 안 돼?"

"야, 이 거지야. 내가 사발면 자판기냐? 너네 집에 가서 밥 먹어."

주다인이 고개를 푹 숙였다. 그리고 들려오는 아주 작은 소리에 나는 자리를 박차고 일어설 수밖에 없었다.

"엄마가 나 저녁 안 주는 거, 오빠도 알잖아."

나는 인정이 너무 많아 탈이다. 주다인 엄마는 계모도 아닌데 왜 애를 굶기냐고! 저녁 먹는 거랑 스케이트랑 그렇게 큰 상관이 있는가 싶었다. 나는 나중에 딸을 낳으면 절대 피겨스케이팅은 안 시킬 것이다. 다 먹고 살자고 하는 건데 굶어 가면서 뭐 하는 짓인지 모르겠다.

사발면도 일부러 뚜껑이 큰 것으로 샀다. 사발면만 사 달라고 했는데 삼각 김밥에까지 저절로 손이 갔다. 하나만 집어도 될 것을, 나는 손도 크지, 세 개나 집었다. 내가 사 온 먹거리

38

를 본 주다인의 눈이 휘둥그레졌다.

"이거 다 먹어? 나 혼자?"

"그럼. 기껏해야 사발면 485칼로리, 삼각 김밥 세 개 900칼로리야. 다 먹어야 1385칼로리, 새 모이다."

"오…… 오빠."

사발면에 삼각 김밥 세 개로 여자의 마음을 흔들 수 있는 남자가 있다면 나, 이율뿐이리라. 주다인이 울먹였다.

'골치 아프게 얘가 왜 이럴까.'

"나한테 하루 권장량을 권하는 사람은 오빠가 처음이야."

주다인은 맛있게 사발면을 먹었다. 나는 괜히 기분이 좋아져서 삼각 김밥 포장을 풀어 사발면 국물에 비벼 먹는 법까지 전수했다.

"너, 제대로 된 정보 아니기만 해 봐. 가만 안 둔다."

"걱정 마. 다년간 내가 몸소 실천한 방법이라구."

주다인은 진공청소기처럼 사발면을 흡입했다. 주다인 엄마는 다인이에게 피겨스케이팅을 시키면서 혹독할 정도로 체중 조절을 시키는 것으로 동네에서 유명했다. 주다인이 초등학교 시절부터 피겨스케이팅 대회에 나가서 상을 휩쓸고 주니어 대표까지 하는 것을 보고 사람들은 주다인의 승리가 아니라 주다인 엄마의 스파르타 교육의 힘이라고 입을 모았다.

하지만 나는 스파르타 교육의 힘을 이해하지 못했다. 다른 것은 몰라도 그 옛날 스파르타인들도 교육의 최종 목적은 잘

사는 법을 가르치는 것이었을 테다. 잘 사는 첫 번째 조건은 등 따습고 배부른 것이 아니었을까. 주다인의 삶은 대충 봐도 등 따습고 배부른 것과는 거리가 멀었다.

"자, 다 먹었으니 이 오빠한테 살 빼는 비법을 말해 봐."

주다인이 큰 눈을 깜빡거리더니 나를 보고 방긋 웃는다. 눈동자가 유난히 번쩍거리는 것이 불안하다.

"굶어."

"뭐? 굶어?"

"응. 굶어. 굶고 죽어라 뛰어. 그것밖에 없어."

내가 이딴 소리를 들으려고 큰 뚜껑을 사 먹이고 김밥을 세 개나 산 것은 아니라는 사실을 주다인은 알까. 계집애가 진짜 돈 아깝게 만드는 데는 선수다, 선수.

# 왕의
## 남자

 

 

몇 번을 다시 봐도 질리지가 않는 것이 익스트림 스포츠와 영화 빼고도 이 세상에 존재하다니! 게다가 내가 그 질리지 않는 것을 하고 있다니, 가슴이 벅차다.

"뭐냐, 그거?"

"몰라도 돼, 어린이는."

독고용의 굵은 팔뚝이 내 목을 조른다. 캑, 캑. 죽겠다는 시늉을 하자, 녀석이 내 목에 걸었던 팔을 쉽게 푼다. 아닌 척했지만 녀석의 팔에 즐비한 문신들을 처음 봤을 때 솔직히 나는 오금이 저렸다. 무시무시한 녀석을 상대하고 있다는 느낌에 괜히 움츠러들었던 것이다. 그러나 독고는 덩치 큰 시크한 친구였다.

"야동이야?"

"야, 용용. 내가 그렇게까지 막장은 아니거든? 아무리 수준이 떨어져도 배움과 지식의 전당인 신성한 학교에서 야동이라니, 떼끼!"

나는 의자를 밀어 독고용에게 앉으라는 시늉을 했다. 곁에 바싹 다가앉은 독고용이 내 손에 들린 스마트폰을 주시했다. 교실 뒤에서는 철없는 것들이 씨름을 하느라 먼지를 일으키고 있었다.

"미친 새끼! 너 계집애랑 고무줄놀이 하려고 동영상 보는 거야?"

대답할 가치도 없는 헛소리였지만 독고용의 밝은 미래를 위해 내가 그의 무식함을 깨 주기로 했다.

"슬랙라인이라는 거다, 이 무식한 어린이야. 우리나라 남사당패 줄타기 공연을 본 독일 청년이 만든 익스트림 스포츠지. 이 몸이 곧 슬랙라인 월드컵 대회에서 우승 트로피를 들어 올릴 예정이다, 이 말씀."

딱! 뒤통수의 마찰음과 함께 눈에서 번쩍 불꽃이 튀었다. 독고용이 입술을 질근질근 씹더니 대놓고 나를 비웃었다.

"야, 고무줄놀이라고 무시하냐? 네가 우승 트로피를 들어 올리는 게 아니라, 트로피가 널 들어 올리겠다. 정신 차려, 이율. 아무나 세계 대회 우승하냐?"

"그럼 누가 하냐?

"너만의 비법이 있어야지. 필, 살, 기!"

42

"비법? 무슨 비법?"

"이것 봐, 이것 봐. 이래 갖고 무슨 놈의 우승이야? 야, 이율. 세계 대회가 너한테 어서 옵쇼~ 하겠다."

슬랙라인은 줄 위에서 신나게 잘 놀면 그만이다. 동영상 속의 라이너들도 줄 위에서 신명 나게 잘 뛰었다. 더 이상 뭐가 필요할까 생각하며 다시 동영상을 감상했다. 지난 대회 상위권자들의 영상을 찬찬히 살펴보았다. 안면 근육이 점점 굳어졌다. 확실히 라인을 잘 타는 자들은 뭔가 달랐다. 몸놀림에서 차이가 있었다. 그들은 한 마리 날다람쥐 같았다. 그에 견주면 나는 여전히 줄 위의 인간이었다.

그래, 나만의 필살기! 인생은 한 방이고 그 한 방을 위해서는 반드시 나만의 필살기가 있어야 한다. 특히나 안전장치가 존재하지 않는 인생이라면 더욱 그렇다.


나름대로 잔뜩 기대를 품고 왔건만, 도의 줄타기 스승은 내 스타일이 아닌 것만은 확실하다.

"야 이, 새끼야! 붕붕 뛰어야지."

어름사니 어른이 욕을 했다. 저 하회탈 씨가 이도의 스승이란 말인가. 얼굴 주름 사이사이마다 기구한 사연이 숨어 있을 것만 같았다.

도는 어디 나가서 '야 이, 새끼야' 따위의 욕을 얻어먹을 인간이 아니다. 꽹과리 소리에 맞춰 줄을 타는 도의 표정이 점점 일그러졌다. 누가 손으로 우그러뜨린 신문지 같다고나 할까. 무표정이 트레이드마크인 도도 저런 표정을 지을 수 있다니……. 낯설었다.

도는 주말마다 전통 줄타기 공연장으로 갔다. 경기도 외곽에 있는 소도시로 가기 위해 새벽부터 집을 나섰다. 슬랙라인을 위한 필살기가 무엇일까 며칠을 고민한 끝에 내가 내린 결론은 '우리 것에서 시작했으니 우리 것에서 찾자!'였다. 아무리 생각해도 난 천재다.

"와서 걸리적거리면 안 돼. 그냥 모른 척하자, 우리."

형제지만 진짜 피도 안 섞인 녀석처럼 군다. 참, 피는 안 섞였지. 주말에 밀린 잠을 자는 나로서는 도를 따라 새벽에 집을 나서는 일이 쉽지 않았다.

전통 줄타기를 진지하게 참관하러 왔노라 밝히면 "요즘 아이들 같지 않군."이라는 칭찬이라도 들을 줄 알았는데, 도의 스승인 어름사니 어른은 무서웠다. 나를 처음 보자마자 한다는 소리가 "뭣 하러 왔냐?"였다. 폭풍 같은 기세에 눌려 나도 줄 타는 사람이라고 말을 꺼내기도 전에 고개를 홱 돌려 버렸다. 안 그래도 허옇게 센 눈썹이 하늘로 솟구쳐서 인상이 안 좋아 보이는데, 호통치는 목소리 또한 장난이 아니었다. 욕은 기본이요, 손찌검은 옵션이었다. 요즘 세상이 어떤 세상인데 때리면서 가르친단 말인가.

하지만 나는 입도 뻥긋하지 못했다. 그랬다가는 나까지 얼어맞을 것 같았다. 손에 들고 있는 부채를 휘두를 때면 소림사 권법 도사가 따로 없었다.

새하얀 바지저고리로 갈아입고 줄 위에 선 도는 내가 모르는 사람이었다.

"무릎 똑바로 못 꿇냐! 네놈 도가니는 폼으로 달렸냐! 이도, 정신 차려라!"

내가 보기에 도의 줄 타는 솜씨는 흠잡을 데가 없었다. 괜히 어름사니 어른 혼자서 꽥꽥거리고 있었다. 줄 위에서 외무릎을 꿇고 앉았던 도가 양다리 사이로 줄을 끼고 앉는 순간 공중으로 몸을 솟구쳤다. 몸에 스프링이라도 장착한 것처럼 굴었다.

"이 새끼야! 줄의 탄력을 백번 이용하라고 했지?"

외무릎을 꿇고 줄 위에 위태롭게 앉았던 도가 공중으로 솟구치고 다시 줄 위에 내려앉는 것과 동시에 왼쪽 무릎을 꿇는다. 솟구쳤다가 양다리 사이로 줄을 끼고 앉는 모습을 보고 있자니 내 사타구니가 찌릿거렸다. 줄이 딱 그 부분에 걸쳐졌다. 비뇨기에 문제가 생기기보다는 차라리 머리가 깨지는 편이 낫겠다. 허리를 구부리며 나도 모르게 두 다리를 꼬았다.

'자식, 비뇨기과 진찰 받아야 하는 거 아냐?'

절로 걱정이 되었다. 사타구니가 줄에 쓸려서 제대로 걷지도 못할 것 같은데 도는 묵묵히 줄을 탔다. 솟구치고 내려앉고 솟구치고 또다시 내려앉기를 평생을 할 것처럼 열심히 했다. 슬랙라인의 폭 넓은 줄이 고마울 지경이었다.

"저게 외무릎 풍치기야."

여자애였다. 아니, 그냥 여자애 말고 남자애 같은 묘한 여자애였다. 짧은 머리에 목이 가늘고 긴 애를 보는 순간, 도를 향한 관심은 저 멀리 안드로메다로 날아가 버렸다. 나의 이상형이 흔들리는 순간이었다. 긴 생머리의 천사를 가슴에 품고 살리라 결심했는데, 소년과 소녀의 중간쯤으로 보이는 눈앞의 여자애는 내 가슴에 강편치를 먹였다. 방어하고 어쩌고 할 새도 없이 한 번에 훅, 들어왔다. 자웅 동체 같은 묘한 애는 줄 타는 도에게서 시선을 떼지 않았다. 뜨거운 눈이었다. 나는 저런 눈을 알고 있다. 주다인이 나에게 줄곧 저런 눈빛을 보내니까.

길게 뻗은 가지런한 속눈썹을 깜빡이며 도의 움직임을 하나하나 머릿속에 저장하듯 진지하게 보는 모습이 수상했다. 줄 위에서 도가 숨을 들이마시면 이 애도 들이마시고, 도가 휘청거리면 땅에 발을 붙인 이 애도 휘청거렸다. 필요 이상의 끈적거리고 뜨거운 기류가 둘 사이에 넘쳐흘렀다.

'얜, 정체가 뭐지?'

미소년 같은 여자애의 시선 끝에는 도가 걸려 있었다. 도의 발끝은 줄 위에서 놀고 있었다. 여전히 왼쪽 무릎만 꿇고 줄에서 걸어가는 모습이 한 마리 새처럼 느껴졌다. 왼발은 줄을 가로 걸고 오른쪽 무릎을 세웠다가 왼쪽 무릎을 오른발 앞으로 옮기면서 줄 위를 전진하는 도의 모습은 진지했다. 앉은뱅이처럼 앞으로 뒤로 움직이면서 한 치의 흐트러짐도 없는 깔끔한 동작에 박수를 칠 뻔했다.

"한 마리 황새 같지? 도가 제일 잘하는 동작이야. 저 동작은 외무릎 황새 두렁넘기야."

황새고 기러기고 도가 부럽기는 처음이었다. 천사 같은 얼굴을 한 여자애의 지대한 관심을 받고 있으니까. 목소리 또한 야릇했다. 부드럽고 온기가 묻어나는 목소리였다. 듣고 보니 줄 위에 앉아 있는 도가 황새 같아 보이기도 했다. 다리가 길쭉하니 멋대가리 없는 황새 한 마리.

"너도 줄타기 배우러 왔어? 도, 친구야?"

이제야 유니섹스 친구가 나를 바라본다. 눈이 마주치자 입안이 바싹 말랐다. 분명 이건 말이 안 되는 상황인데 내 몸의 모든 신경이 통제 불능이었다. 전혀 내 취향이 아닌 여자애를 보고 반응하는 심장이라니! 미소년 스타일은 내 타입이 아니다. 올봄 들어 가장 맑고 더운 날씨였다. 한여름처럼 태양은 뜨거웠다. 온몸의 땀구멍이 열기를 뿜어 댔다. 초짜처럼 굴기 싫었는데 이 아이 얼굴을 보고 있자니 온몸이 저절로 긴장되었다. 아무래도 귀가 빨개진 것 같았다. 하고많은 것 중에 하필이면 이런 것을 엄마 닮다니……. 내 감정은 귀를 통해 고스란히 드러났다.

"난 정지현이야. 넌?"

"나…… 난 이율. 저기 줄 위의 도, 내 쌍둥이 동생이야."

나는 내가 유리한 고지에 서고 싶을 때면 도의 형이라고 우겼다. 엄마는 우리를 두고 그냥 형 동생 없이 "너희는 형제야."라고 했지만 정지현 앞에서 내가 형이라고 말하면 도보다 더 나은 남자로 보일 것 같았다. 줄타기 말고 또 다른 경쟁을 하게 생겼다. 도와는 그냥 친구 사이가 아닐까.

줄 위에 선 도가 부채를 활짝 펼쳤다. 태양이 도의 흰 부채 사이로 제 모습을 감췄다. 꽹과리 소리도 점점 더 신명 났다. 어름사니 어른의 욕설은 더 구수해졌다. 정지현의 시선이 또다시 도의 발끝으로 날아가기 전에 나는 힘주어 말했다.

"나도 줄 타. 세계 대회에 나갈 필살기를 연마하려고 여기 왔지."

지현이의 반짝이는 눈동자가 나를 담았다. 그 애가 나를 보고 미소 짓자, 나는 귀에서 열이 나고 있음을 깨달았다. 치아가 유난히 반듯하고 하얀 애였다.

"너도 줄을 탄다고? 진짜?"

"물론이지."

우쭐한 마음에 여유로운 미소까지 지어 보였다. 바지저고리 차림의 도보다 힙합 스타일의 내 모습이 더 근사해 보일 것이다. 게다가 오늘은 두건까지 운동화 색깔과 맞췄다. 적어도 나는 녀석처럼 줄 위에 올라가는 순간부터 잔뜩 긴장해서 심호흡을 거듭하며 시작하지는 않을 테니까.

"어디 네놈, 줄 타는 솜씨 좀 보자."

어름사니 어른이 등 뒤에 바싹 다가왔다.


박하 향이 주변 공기를 물들였다. 고래고래 소리 지르느라 목에 무리가 왔는지 어름사니 어른이 박하사탕을 입에 물었다. 어름사니 어른의 시선이 등에 꽂히는 게 느껴졌다. 나무와 기둥 사이에 라인을 설치하는 내 모습을 감시하듯 지켜보고 있을 것이다.

'도대체 내가 왜 여기서 이러고 있어야 하지? 미치고 환장하겠네.'

마지막으로 라인을 점검하면서 나는 내 속을 몰라 갈팡질팡했다. 필살기를 연마하는 것이 가장 큰 목적이었지만, 손 사부가 불의의 사고를 당하지만 않았어도 이렇게 필살기 연마에 목숨을 걸지는 않았을 것이다.

재수 있는 놈은 자다가도 떡을 얻어먹고 재수 없는 놈은 뒤로 넘어지나 앞으로 고꾸라지나 중상을 입는다고 했던가. 손 사부가 딱 그 짝에 해당했다. 대학로 마로니에 공원에서 슬랙라인 시범을 보이다가 발목이 부러졌다. 다른 사람도 아니고 우리나라 1호 슬랙라이너가 라인을 타다가 발목이 부러지다니! 처음에는 만우절 농담을 앞당겨서 하나 보다 했다. 뻥 치지 말라고 화를 내자, 손 사부는 병원 응급실에서 깁스한 사진을 나에게 전송했다. 휴대전화를 들고 나는 한참을 넋 놓고 있었다.

유언장도 임명장도 아닌 문자 메시지로 손 사부는 나에게 대한민국 슬랙라인의 미래를 맡긴다고 했다. 나는 내가 감당하지 못할 무게를 짊어지는 일에 익숙지 않다. 달가워하지도 않는다. 내 인생의 좌우명이 있다면 '내가 감당할 무게만 짊어질 것'이다. 사람들이 스트레스를 받고 힘들어서 아등바등하는 이유는, 다 자기가 감당하기 힘든 무게를 욕심내기 때문이다. 문자 따위야 씹어 버리면 그만인데 왜 나는 이러고 있나. 심장 때문이었다. 내 심장이 하는 소리를 무시하지 못하는 까닭이었다.

와드득.

어름사니 어른이 박하사탕을 소리 내서 씹었다. 사탕을 천천히 녹여 먹는 방법을 모르는 사람처럼 와득와득 씹는 소리가 요란했다. 심호흡을 하고 샛노란 라인을 향해 섰다. 라인 위로 뛰어오르기 전 정지현의 시선 때문에 뒤통수가 유난히 간지러웠다.

"셋, 둘, 으랏차!"

라인을 향해 몸을 움직이려는데 박하사탕 향이 코끝을 톡 쏘았다.

50

"거시기는 왜 잡냐, 이눔아? 줄 위에 튕겨서 떨어질까 봐 잡냐? 실없는 놈!"

귀가 뜨겁다. 안 봐도 뻔했다. 귀가 새빨개졌을 것이다. 내 거시기 내가 잡는데 어름사니 어른이 왜 저렇게 호통인지 모르겠다. 하필 자웅 동체 앞에서 저런 소리를 하면 어쩌란 말인가. 자웅 동체가 나를 보더니, 자기 바지 앞섶에서 손을 떼는 시늉을 해 보였다. 환장하겠다.

"버릇 고쳐. 줄 타는 사람한테 버릇은 안 좋아."

도까지 나를 가르치려 든다. 슬랙라인의 판타스틱한 면을 보여 주기도 전에 얼굴도 못 들 정도로 깨졌다.

"줄이고 줄넘기고 너, 이 녀석! 거시기 잡는 버릇 먼저 없애고 줄에 오르는 법부터 배우기 싫으면 오지 마라."

이건 정말이지 자존심의 문제였다.

"저, 초짜 아닌데요?"

"내 눈엔 초짜다."

어름사니 어른의 말 한마디에 모든 상황이 종료되었다. 하늘로 치솟은 호랑이 눈썹이 하얗게 센 것을 보며 나는 입을 꾹 다물었다.

온종일 밖에서 뒹군 탓에 몸살이 날 것만 같았다. 말이 좋아 어름사니 어르신이지, 줄선생은 독재자였다. 스파르타 교육이 뭔지 정말 제대로 보여 주는 사람이었다. 주다인 엄마와 대결이라도 시키고 싶을 정도였다. 나의 슬랙라인 시범을 보고도 "흥!" 하고 콧방귀 뀐 것이 다였다.

어름사니 어른의 기분 좀 맞춰 주겠다고 슬랙라인의 기원이 남사당 줄타기에서 영감을 받은 것이다, 그러니 대한 건아인 내가 유럽 땅에 가서 슬랙라인의 시초인 우리의 전통 줄타기를 세계만방에 알려야 하지 않겠느냐, 하면서 도움을 청했다. 나는 전통 줄타기의 기술을 슬랙라인에 접목해서 새로운 동작을 연마하고자 하는 원대한 계획을 세우고 있다고 설명했다. 그러나 줄선생은 귓등으로 들었다.

"어르신! 제 말, 가볍게 들어서 될 말 아니에요. 정작 슬랙라인 창시자나 다름없는 우리나라에서만 슬랙라인이 뭔지도 모르는 일은 말도 안 된다구요!"

"지랄하고 앉았다. 야, 이놈아. 줄을 잘 서야 인생이 순탄해. 그 꼴로 타서 세계 일등 먹겠다. 뭘 알리냐, 뭘 알려! 꼬추나 잡고 타는 놈이."

대놓고 비아냥이었다. 나더러 줄을 잘 서야 인생이 순탄 어쩌구 하면서 자신은 줄 때문에 인생이 꼬일 대로 꼬인 것을 내가 모르는 줄 아나 보다. 이혼당하고 딸까지 빼앗긴 주제에 뭔 말이 그렇게 많은지. 기절할 만한 일은, 물기 빠진 오이같이 생긴 어름사니 어른의 손녀가 바로 정지현이라는 사실이었다. 어름사니 어른의 비주얼에서 도저히 나올 수 없는 핏줄이었다. 뭔가 음모가 있었던 게 틀림없다.

슬랙라인 월드컵에 나가는 데는 우리 전통 줄타기를 배워도 그만 안 배워도 그만이었다. 그렇지만 독고용의 말대로 한방이 절실했고, 무엇보다 손 사부의 부상을 메워 줄 파트너가 필요했다. 파트너가 하루아침에 하늘에서 뚝 떨어지는 것도 아니고……. 다행히 나에게는 도가 있었다.

손 사부와 나는 이번 대회에서 '더블 라인'이라는 우리만의 줄타기를 보여 주려고 계획했다. 도라면 손 사부의 공백을 대신해 줄 수 있을 것이다. 함께 연습해서 타 주기만 한다면. 하지만 슬랙라인에 별다른 반응이 없는 도였다. 적을 알고 나를 알면 백전백승이고, 도를 꼬시려면 도의 줄타기를 존중한다는 성의는 보여야 예의라고 생각했다.

갖은 욕설과 비아냥에 무릎 꿇을 내가 아니었다. 평소 있지도 않은 오기가 생겼다. 어름사니 어른이 작수목을 잡지도 못하게 해서 분하고 서러웠지만, 이를 물고 참았다. 그래 봤자 겨우 땅에 말뚝 박고 기둥 세우는 일인데 줄선생은 무슨 나라라도 세우는 줄 아는지, 신성함이 어쩌고저쩌고하면서 손때 묻은 나 같은 놈이 대번에 잡을 작수목이 아니라고 야단이었다.

슬랙라인 우승을 위해서라면 이깟 수모쯤이야 참자. 오히려 나는 보란 듯이 작수목 옆 모래 바닥에 선을 그었다. 그리고 도가 연습하는 대로 따라 했다. 바닥에 그어 놓은 선을 따라 기초부터 시작했다. 부채를 손에 쥔 시늉을 하며 양손을 좌우로 펴 들고 바닥의 선을 따라 걸었다. 뒤로도 걷고 앞으로 종종걸음도 쳤다. 삼현 육각을 연주해 주던 어른들이 그런 내 모습을 기특하게 여겼는지, 앞으로 종종걸음 뒤로 종종걸음을 칠 때마다 자진타령장단을 실어 주었다.

슬랙라인 위에서도, 줄타기에서도 주의할 점은 같았다. 걷기 전에 균형을 잡을 것, 성급한 것은 절대 금물!

"어디서 요상한 고무줄 갖고 와서 줄 탄다고 꼴값이다."

연습하는 나를 보고 남사당 공연 관계자가 지나가다 호기심을 보이자, 어름사니 어른이 까칠한 반응을 보였다. 성질 같아서는 당장 그만두고 싶었지만, 정지현이 건넨 코코아 덕분에 참았다. 자판기 코코아도 아니고 정지현이 직접 손으로 탄 코코아였다. 지구상에 이토록 달달한 코코아가 있다는 사실에 감동했다.

이도, 녀석은 형제라는 놈이 내 쪽으로는 눈길도 주지 않았다. 욕이라도 해 주고 싶었지만 묵묵히 제 줄 위에서 땀을 흘리는 녀석을 보고 있자니 정체불명의 존경심이 생겨나서 참았다.

"오늘 많이 배웠습니다."

국어 시간에 배운 반어법을 오늘에야 써먹는구나. 해가 지고 집으로 돌아갈 시간이 되어 깍듯하게 인사를 건넸다.

어름사니 어른의 성품은 한결같았다.

"오오냐, 또 오지 마라."

오늘 내 마음에 욕으로 카운팅하는 만보기를 채웠다면 나는 기록을 세웠을 것이다.

나는 뭐든 빨리빨리 하는 것이 좋았다. 도는 언제나 나보다 한 템포 늦는 것을 선호하는 듯했다.

"피곤해 죽을 것 같다. 지하철 타자."

"율, 너 먼저 지하철 타고 가."

"왜?"

혹시나 나를 버리고 도가 정지현을 만나는 것은 아닐까 싶어서 매의 눈으로 살폈다. 줄에서 내려온 도에게 수건을 건네고 음료수를 챙겨 주는 정지현의 행동도 수상쩍었지만, 그런 정지현에게 은은하게 웃어 주는 녀석의 행동에 나는 기겁했다. 도의 웃는 얼굴을 일 년에 한 번 볼까 말까 한 나에게는 충격이었다. 나 역시 정지현을 본 순간 가슴을 후려치는 묘한 감정에 당혹스러웠지만, 도는 아예 드러내 놓고 관심과 애정을 표현하고 있는 것이 아닌가. 둘은 반드시 그냥 친구 사이여야만 했다.

"율, 난 버스 타고 갈게."

"야! 각자 가려면 여긴 왜 같이 왔냐?"

"네가 따라왔잖아."

얘는 꼭 이랬다. 예전에 영화 보러 극장에 갔을 때도 혼자 다른 영화를 봐야겠다고 우겼다. 아버지와 엄마, 나는 〈스파이더 맨〉으로 통일했는데 혼자서 제목도 기억나지 않는 묘한 예술 영화를 보겠다며, 각자 보고 나서 로비에서 만나자고 제

안했다. 결국 셋이 하나를 못 이겨서, 아버지는 극장에서 주무시고 나는 보는 내내 화를 참느라 영화 내용이 뭔지 기억도 하지 못했다. 징그럽게 길고 사람 화를 돋우는 영화였다는 기억뿐.

"아, 진짜 짜증 나는 새끼. 버스 타. 너, 나중에 아예 네 전용 버스 한 대 사라."

한참을 기다린 끝에 집으로 가는 버스를 탔다. 배차 간격이 엄청나게 긴 버스였다. 배차 간격이 그토록 긴 줄 알았으면 녀석을 버리고 지하철을 탔을 거다. 버스 맨 뒷자리로 가서 앉았다. 당연히 도가 내 옆자리에 와서 앉을 줄 알았는데 녀석이 또 개인 플레이를 한다. 하차하는 문 근처 좌석에 앉는 것이었다. 마음 약한 나는 엉덩이를 들어 도의 옆자리로 옮겼다.

"너, 진짜 자꾸 이럴래? 버스의 낭만은 뒷자리 아니냐?"

고개를 돌려 내 얼굴을 빤히 보더니 도가 입을 열었다.

"뒷자리, 허리 다쳐. 줄 타는 녀석이 허리 관리 안 해?"

얘는 입만 열면 정답이다. 그것이 문제였다. 그래서 내가 말로는 이도를 이길 수 없다는 현실. 대화도 없이 20분을 갔다. 입도 벙긋 안 할 거면 왜 나란히 앉았을까. 광역 좌석 버스에는 사람이 많지 않았다. 차 안에서 간간이 휴대전화로 통화하는 목소리가 들렸지만 버스 안의 적막을 깨기엔 역부족이었다. 곁에 앉은 도의 숨소리가 귓가에 들렸다. 어둠이 드리워진 차창에 도의 무표정한 얼굴이 맺혔다. 창밖의 어둠을 또렷이 주시하고 있는 도의 눈빛이 궁금해졌다.

"너, 줄 왜 타냐?"

도가 줄을 탄 지가 햇수로만 6년이었다. 약 2000일의 세월이 흐르는 동안, 한 번도 궁금하지 않았던 것이 오늘에야 궁금해졌다.

"……."

역시나 대답이 없었다. 버스 안의 고요함 때문이었는지, 운전사가 틀어 놓은 낮은 음악 소리의 부드러움 때문이었는지, 그것도 아니면 창밖의 어둠 때문이었는지, 나는 슬랙라인 위에 오른 내 이야기를 꺼냈다. 라인 위에서 아버지의 하늘을 다시 똑바로 볼 수 있게 되었다는 것, 그래서 신나게 슬랙라인 위에서 놀 수 있다는 것, 잘 놀고 싶다는 것. 아버지가 전투기를 타고 하늘을 날 때도 하늘에 줄이 있다고 얘기했던 거, 기억나느냐고 묻기도 했다. 나는 어쩌면 아버지가 말한 하늘의 길, 하늘에 쳐져 있다는 투명한 줄이 궁금했을지도 모른다.

도가 창밖으로 시선을 옮기더니, 나직하게 말했다.

"난 줄 위에 올라가면 살 것 같아. 온 신경을 다 쏟아 내 발끝으로 걷는 길이 마음에 들어. 줄 위에서는 다른 사람의 말이나 시선이 들리지도 보이지도 않고. 그게 마음에 들어."

도가 처음 줄을 타 보고 싶다고 했을 때가 떠올랐다. 곱창집에 가서 외식 잘하고 나서 갑자기 꺼낸 말이었다. 주인 할머니가 도를 두고 잘생겼다며 서비스 음료를 잔뜩 챙겨 줬다.

계산하고 나오려는 순간, 그 할머니가 도에게 "튀기냐?"라고 묻지만 않았다면 더 좋았을 시간이었다.

아무튼 그날 밤, 도는 줄타기를 배우겠다고 제 뜻을 알렸다. 엄마가 소리를 지르고 난리도 아니었다. 웬 쓸데없는 짓이냐고, 웃기지 말라고 엄포를 놓았다. 아버지는 나랑 같이 스케이트보드를 타라고 도에게 권했다.

"이율, 너 아버지가 우리한테 처음으로 줄타기 공연 보여주러 갔던 거 기억해?"

도의 말을 듣는 순간, 얼굴이 저절로 일그러졌다. 어찌 잊으랴, 그날을!

"왜, 중간고사 기간이어서 시험 공부 해야 하는데 아버지가 새벽부터 민속촌 데리고 갔잖아."

그때 아버지 덕분에 나는 중간고사 성적이 바닥을 쳤다. 다음 날이 암기 과목 시험이었는데, 민속촌을 헤맨 덕분에 주관식 답안지에 '알았으면 좋았을걸', '다음 기회에' 따위의 말을 적었다. 시험 마치고 교무실에 끌려가서 나는 학년 주임에게 제대로 찍혔다.

"너비 3센티미터 나만의 세상. 엄마는 그 세상을 두고 나에게 위태롭기 짝이 없어 보인다고 했지만 나한테는 너비 3센티미터 위의 세상이 가장 안전해."

내가 도한테 별 소릴 다 듣는다. 소크라테스도 형님, 할 만한 괴상망측한 대답이었다.

줄타기 체험을 하고 나서 본격적으로 시작된 도의 줄 위에서의 나날이 파노라마처럼 머릿속을 스쳐 갔다. 늘 나와 함께 종알대던 녀석은 사춘기를 맞으면서 급격히 말을 잃었다. 실어증에라도 걸렸나 싶었다. 그리고 녀석은 그길로 줄을 탔다. 엄마는 도가 줄타기를 배워 보고 싶다고 했을 때는 펄쩍 뛰며 난리를 쳤지만, 어찌 된 일인지 곧 잠잠해졌다.

집으로 가는 내내 우리는 아무 말도 하지 않았다. 어둠 속에서 버스 엔진 소리를 들으며 도는 창밖으로 시선을 주었다. 나는 고개를 숙이고 자는 척을 했다. 그러나 도의 발이 내 눈길을 사로잡았다. 피곤했는지, 운동화를 벗어서 그 위에 맨발을 올려 두고 있었다. 좌석 아래로 가지런히 뻗은 녀석의 두 발이 단단해 보였다.

언젠가 명절에 누워서 봤던 영화의 대사가 떠올랐다. 〈왕의 남자〉였다.

"나 여기 있고 너 거기 있냐?"

도의 발이 나에게 대답을 한다. 줄을 타는 견고하고 단단한 도의 발이 나에게 말한다.

"아, 나 여기 있고 너 거기 있지."

# 한쪽 발의 균형

내 줄 끝에는 주다인이 있다. 나의 소중한 자유는 주다인 때문에 엉망이 되어 버렸다. 이웃사촌이 먼 친척보다 낫다는데, 내 경우에는 비껴가도 완전히 비껴가는 말이다. 주다인을 떨쳐 버려야 하지만, 엎어지면 코 닿을 곳에 사는 이웃이다.

"이놈의 계집애를 가만두지 않으리!"

용이었다면 아마도 입에서 불까지 내뿜었을 것이다. 주다인네 엄마가 오지랖이 넓은 것으로는 동네 일인자다. 하지만 주다인마저 그럴 줄은 꿈에도 몰랐다. 새벽부터 늦은 밤까지 스케이트를 타느라 정신없는 애가 내 일에까지 나설 줄이야.

"여자애한테 폭력을 사용하는 건 너무 비신사적이야, 율. 언제고 들통날 일이었어. 쿨하게 받아들여."

햇살 들어오는 거실 창가에 앉아 미분과 적분을 눈으로 풀어 대는 도가 느긋하게 말했다. 미분 적분 따위랑 노는 녀석이 내 심정을 어찌 알까 싶었다. 미분과 적분 풀이에 인간의 분노와 절망감을 헤아릴 수 있는 셈법은 존재하지 않았다.

"제 갈 길이나 가면 되지, 왜 묻지도 않은 내 머리통의 비밀을 마녀한테 다 부냐고!"

"이율. 네 기분이 별로인 것 아니까 엄마한테 마녀라고 한 건 모른 척해 줄게."

"아! 뻗친다, 뻗쳐!"

지금의 분노를 표현할 수 있는 단어를 국어사전에서 찾을 수 없다는 것에 울화통이 치민다. 눈에는 눈, 이에는 이! 주다인을 한 손에 들어 허공에 뱅글뱅글 돌려서 지구 밖으로 던질 수만 있다면, 하는 심정으로 현관을 나섰다.

진취적이며 활동적이고 교우 관계가 원만한 남고생에게 용돈이란 목숨줄이나 다름없다. 주다인은 내 목숨줄을 끊은 악녀인 셈이다.

사건의 전말은 이렇다. 오랜만에 일찍 퇴근한 엄마를 동네 어귀에서 만난 주다인이 여느 여중생처럼 "안녕하세요, 아줌마." 정도의 인사에서 그쳤으면 좋았을 것을, "율 오빠, 머리는 다 나았어요? 제가 점프 연습 위험하다고 그렇게 말했는데 초딩들이나 타는 트램펄린에 끝끝내 올라가더라구요. 그래도 그만하길 다행이네요." 하고 방정맞게 말한 것이다. 주다인의 말 때문에 백발 마녀는 분노 게이지 100을 찍었다.

말은 길면 길수록 실수가 잦고 화를 부르는 법이다. 주다인에게 쓴맛을 보여 줘야겠다. 여자애라서 그동안 많이 봐줬다. 봐줄 만큼 봐줬으니 이제 지옥 맛을 보여 줘야 내가 무서운 오빠라는 사실을 뼈에 새기겠지. 이층에서 일층으로 거의 뛰어내리다시피 내려갔다.

제대로 된 복수극을 꿈꿨는데 일이 묘하게 돌아갔다. 주다인이 나에게 용돈 사건을 사과하고 싶다며 만나자는 연락을 해 왔을 때부터 일은 꼬인 셈이었다. 응해 주는 척하다가 은근슬쩍 발을 뺐어야 했다. 주다인의 부탁을 단박에 거절하는 게 아니었다. 재밌겠다며 자기도 슬랙라인을 배워 보겠다는 얘기에 코도 찡긋 안 했다. 무조건 안 된다고 딱 잘랐다. 하지만 쉽게 포기하면 주다인이 아니지. 왜냐고 꼬치꼬치 캐묻는 주다인에게 나는 좀 더 과학적이고 이성적이며 그럴싸한 대답을 했어야만 했다.

"여자는 힘들어."

"왜?"

내 입으로 진짜 말하기 싫었다. 변태라고 오해받기는 질색이다. 그러나 고래 심줄보다 질긴 여자애의 추궁에 나는 소리 높여 대답하고 말았다.

"너무 많이…… 달렸어. 알아들어?"

나는 그냥 솔직하게 주다인에게 스케이트 탈 시간도 모자

란 너를 슬랙라인 위에 세웠다가 너희 엄마한테 내가 당할 앞
일이 두렵다고 고백했어야만 했다.

"뭐가 달렸는데?"

"아이, 씨…… 그게……."

어떤 때는 백 마디 말보다 단 한 번의 제스처가 나을 수도
있다. 나는 온갖 감정을 실어 두 손 끝에 힘을 준다. 손바닥을
쫙 펴서 뭔가 가득 움켜쥐고 들어 올리는 시늉을 하며 가슴팍
에 손을 댔다.

"아하, 알겠지?"

이쯤 되면 중증 변태라고 오해받기 딱 좋은 제스처였다. 이
래도 못 알아들으면 주다인은 애당초 알아듣겠다는 의지가
없거나, 사회생활을 하는 데 필요한 최소한의 눈치조차 없는
거라고밖에 해석할 길이 없다.

"아니, 하나도 모르겠거든. 오빠, 내 실력을 보면 정중하게
사과하게 될 거야."

주다인이 허공으로 발차기를 했다. 나를 때리려는 줄 알고
주춤거리며 뒤로 물러났다. 주다인은 라인이 묶여 있는 나무
기둥 한참 위쪽에 발 한쪽을 올려붙였다. 척! 제 키를 훌쩍 넘
은 주다인의 발 위치에 나는 입을 쩍 벌리고 섰다. 내가 남녀
공학을 다녀 봐서 아는데, 성별이 여자라고 해서 모두 주다인
만큼 다리 찢기가 가능한 것은 아니다. 주다인은 나를 매섭게
쏘아보더니 한마디 툭 내던지고 가 버렸다.

"나, 오빠가 상상하는 것만큼 크지 않아."

"뭐?"

"내 가슴 말이야. 줄 타는 데 아무런 지장 없다고!"

나랑 똑같은 포즈로 제 가슴을 가리키는 주다인 덕분에 공원을 산책하고 있던 사람들의 시선이 우리 둘에게 쏠렸다. 벤치에 앉아 은박지에 싼 김밥을 막 먹으려던 남자가 '가슴'이라는 소리에 김밥을 바닥에 떨어뜨렸다. 근처를 맴돌던 남자의 애완견이 바닥에 떨어진 김밥을 주워 먹었다. 인라인 스케이트를 타던 중학생 무리가 우리를 보고 키들거렸다. 우리의 가장 가까이에서 꽃나무에 새순이 나왔나 허리를 구부리고 살펴보던 노부부는 주다인과 나를 쏘아보더니 노골적으로 혀를 찼다. 주다인의 별 볼일 없는 가슴 하나가 불러온 파장은 만만치 않았다.

3월이라는 게 믿기지 않을 정도로 날이 쌀쌀했다. 겨울잠 자던 개구리가 미친 듯이 뛰고 동삼 석 달 땅속에서 웅크리고 있던 버러지도 꿈틀댄다는 경칩도 지났는데 골목 담벼락 밑에는 눈이 흙과 뒤섞여 얼어 있었다.

급한 마음에 신고 나온 슬리퍼가 문제였다. 맨발인 탓에 발가락 사이사이로 칼바람이 파고들었다. 옆집인 주다인네로 가는 길이 너무나 멀게 느껴졌다. 발가락이 자꾸만 오그라들었다. 배기팬츠에 달랑 후드 티셔츠만 입고 나왔는데, 3월은 아직 봄이 아니었다. 티셔츠 가슴팍에 적힌 'Spring has come' 이라는 문구는 그야말로 일기 예보 하나 제대로 관측하지 못한 인쇄업자의 세월 편한 소리일 뿐이었다.

용돈도 끊긴 마당에 봄이라니, 내 마음에 봄볕이 들지 않는데 봄이 웬 말이냐! 용돈 없는 청춘에게 봄은 오지 않는다. 추워서 어깨를 자꾸 움츠리는 바람에 티셔츠 가슴팍 구석에 피어 있던 네잎클로버가 세 잎으로 찌그러졌다.

백발 마녀의 뜻은 간단했다. 공부는 안 하고 머리통이나 깨고 다니는 녀석에게 더는 용돈을 줄 수 없다는 것. 내가 스스로 병원비를 벌어 와서 갚아도 엄마의 경제적 손실이 더 크다는 계산이었다. 부모 자식 간에 뭐 이런 경우가 다 있냐고 할지도 모르겠지만, 우리 집에서는 가능했다.

백발 마녀는 주고받기, 그러니까 '기브앤드테이크'가 확실한 사람이었다. 오죽하면 아버지 제사상을 앞에 두고 "공군이라서 결혼했는데……. 군인 하면 건강은 기본이고 연금도 타고, 제대해서 민간기 기장 되면 연봉도 만만치 않거든. 그걸 노렸는데, 네 아빠가 이렇게 일찍 나를 놔두고 내뺄 줄이야……." 이런 소리까지 했을까.

주다인네는 새하얀 아치형 대문이 인상적인 집이다. 대문은 새하얗게 칠한 철제로 눈꽃 모양을 형상화했다.

주다인 집은 온통 겨울이다. 피겨스케이팅 선수인 주다인 덕분에 온 가족이 사계절 내내 한겨울을 살고 있는 셈이다.

초인종을 누르자 아무 소리 없이 문이 열렸다. 정원이 들여다보이는 대문은 솔직히 장식적인 느낌이 강했다. 대문을 열고 정원으로 발을 들이자 현관문이 열렸다.

"우리 사위는 잘 있는가?"

절대 나를 두고 하는 소리는 아니다. 다인이 엄마는 대놓고 도를 좋아했다. 외출하려던 참이었는지 다인이 엄마의 차림이 화려했다. 크리스마스 지난 지가 언제인데 다인이 엄마 차림새는 뭐랄까……, 과하게 포장된 크리스마스 선물 같아 보였다. 나는 거실에 들어서지도 못하고 현관에서 어정쩡한 자세로 머뭇거렸다.

"아, 사위요? 미분 적분이랑 씨름 중이에요."

미분 적분이라는 말에 다인이 엄마는 크게 감동한 눈치였다. 정작 자신은 미적분과 거리가 멀어 보이는 얼굴인데 도가 미적분에 심취해 있다는 소리에 흥분하다니.

주다인 엄마는 도를 사위 내정자로 찍어 놓은 상태다. 당신 따님의 온 마음과 정성이 나에게로 향한 줄도 모르고 말이다. 그렇다고 주다인 엄마한테 "당신 딸은 나밖에 모릅니다." 하고 알려 줄 의향은 절대 없다. 10대 청춘의 인생이 불필요하게 꼬일 필요는 없으니까. 그러나 지금 내 인생은 주다인 때문에 지독히 꼬여 있다.

"다인이 집에 있어요?"

"율이 네가 다인이는 왜 찾아?"

방금 전까지만 해도 부드러운 호선을 그리고 있던 눈매가 날카로운 직선으로 돌변했다.

　"분명히 말하지만 난 훌륭한 남자에게 우리 다인이 줄 거다, 율아."

　아, 진짜 훌륭한 남자 되기 싫다. 나는 최대한 사악하고 나쁜 남자로 자라겠다. 누가 봐도 "아, 저 쓰레기 같은 녀석!"이라고 함부로 험담할 만큼 악독한 놈이 되겠다. 솔직히 중3 때까지만 해도 나는 다인이 엄마의 사위 후보자 가운데 한 명이었다. 경쟁자가 도라는 것은 말해 봐야 입만 아프다. 내가 천우신조로 사위 후보에서 탈락하게 된 것은 독고용과 골목에서 어슬렁거리는 것을 다인이 엄마가 목격한 후였다.

　야마카시에 흠뻑 빠져 있던 열여섯 여름이었다. 주위를 탐색하고 아무도 없다는 것을 확인한 뒤 재빠르게 담벼락 사이를 날아다녔다. 나는 동네의 날다람쥐였다. 담과 담 사이를 넘고 구르고 점프하는 동안 독고용은 스케이트보드를 타고 스피드를 냈다.

　다인이 엄마는 그런 나와 독고용의 박진감 넘치는 행동을 이해하지 못했다. 방구석에 틀어박혀 야동이나 보면서 마스터베이션에 열중하기보다 뻗치는 혈기를 우리처럼 박력 있게 분출하는 10대의 건강함을 알고 싶어 하지 않는 것 같았다. 다인이 엄마는 우리 모습을 보고 대략 이런 상상을 했을 것이다. 담을 가볍게 훌쩍 넘어 대는 내가 도둑놈이 될지도 모른다고. 그리고 경찰에 신고해야 하나 하는 갈등과 함께 독고용의 팔뚝에 새겨진 문신을 보고 가재는 게 편이요, 초록은 동색이며, 사람은 끼리끼리 놀더라 하는 선입견도 생겼겠지. 고로 당신의 소중한 무남독녀 외동딸 주다인을 나 같은 불량 청년에게 줄 수 없다는 불길한 결론에 도달했을 것이다.

물론 나는 유치원 코흘리개 시절부터 주다인을 넘보거나 탐내지 않았다. 엄마 말에 따르면 다섯 살의 나는 주다인이 곁으로 올라치면 "에비, 지지! 지지야." 하면서 주다인의 가슴팍을 적극적으로 떠밀며 멀리했다고 한다.

"다인이한테 할 말이, 아주 중요한 할 말이 있거든요."

"학생이 중요한 할 말이 뭐가 있나? 아줌마한테 말해. 전해 줄게."

"직접 전해야 할 내용인데요."

다인이 엄마가 눈을 치켜뜨자 펄이 섞인 보랏빛 아이섀도가 기괴하게 드러났다. 나는 다인이 엄마의 눈두덩에서 시선을 돌렸다.

"연습하러 가고 없으니까 아줌마한테 말해. 지금 다인이 연습장에 가 보는 길이니까."

"아닙니다. 제가 나중에 보고 직접 전할게요. 안녕히 계세요."

못마땅한 듯 고개를 끄덕이는 다인이 엄마 얼굴을 보고 있자니 한숨이 나왔다. 용돈 때문에 따지러 왔다고 고백하기엔 나는 자존심이 있는 사내였다. 그러나 한편으로는 빙상장까지 쫓아가서 따지고 싶기도 했다.

꾸벅 인사하고 현관을 나서는데 신발장 앞에 놓인 주다인의 슬리퍼가 눈에 띄었다. 하필이면 내가 지금 신고 있는 슬리퍼와 같은 디자인이었다. 밴드에 작은 네잎클로버 핀이 박힌 슬리퍼. 세상에 널리고 널린 게 슬리퍼인데, 하고많은 것 중에 같은 브랜드 같은 모델이라니! 스토커 같은 주다인이라면 분명 내 머리끝부터 발끝까지 머릿속에 스캔을 떠 놨을 것이다. 나는 주다인의 슬리퍼 한 짝을 집어 들고 나왔다. 당당하게 집어 들고서는 괜히 뒤통수가 근질거려 슬리퍼를 주머니에 찔러 넣었다.

골목길을 걷는데 동네 개가 짖었다. 나는 개 소리가 나는 쪽을 향해 주다인의 슬리퍼를 냅다 집어 던졌다.


머릿속이 온통 피라미드 생각으로 가득하다. 높고 뾰족한 삼각형 꼭지점 정상에 한 발로 서서 균형을 잡는 내 모습이 제법이다. 칼날처럼 뾰족한 삼각형 꼭짓점이 발바닥 한가운데를 날카롭게 찌른다.

'아, 따갑다!'

발바닥에 구멍이라도 뚫릴 것만 같은 느낌에 발을 움찔거려 본다. 슬리퍼를 벗고 발바닥을 살폈다. 카페 안은 조용했고 샤리스 펨핀코의 노래 〈Pyramid〉가 흥겹게 흘렀다. 경쾌한 리듬에 맞춰 발로, 고갯짓으로 박자를 맞추는 사람들이 눈에 띈다. 옆 테이블에 앉아 있던 손님이 맨발을 살피는 나를 힐끔 본다. 호기심을 애써 감추려는 듯 펼쳐 놓은 노트북으로 시선을 돌린다.

손 사부가 물잔을 건넸다. 몸이 기우뚱했지만 타고난 균형 감각은 발목이 부러져도 사라지지 않았나 보다. 손 사부는 돈 귀신이 붙었는지, 다친 발을 해 갖고도 카페 아르바이트를 뛰었다. 카페 사장이 손 사부의 사정을 봐준 덕분이었다. 의외로 손 사부 주위에는 마음이 너그러운 사람이 많았다. 카페 사장도 그런 부류 중 하나였다.

"물은 공짜야. 고딩이 좋긴 좋구나. 이렇게 여유도 있고 말이야."

"여유라뇨? 나도 알바 전선에 투신하게 생겼어요."

"왜?"

"아우, 씨! 사탄 같은 계집애 때문에."

"야, 인마. 세상에 사탄 같은 계집애가 어딨냐? 세상에는 예쁘고 슬랙라인을 좋아하는 여자애와 예쁘고 슬랙라인에 무관심한 여자애가 있지."

손 사부의 여성관, 알 만하다.

"그 계집애 때문에 차질이 생겼단 말이에요. 안 그래도 대회 나가려면 돈 필요한데 용돈까지 끊겼으니, 은행이라도 털어야 할 지경이라구요."

내 처지의 심각성을 손 사부는 간단하게 무시하더니 옥탑방 보증금을 빼야 하나, 라며 말도 안 되는 소리를 했다. 깁스까지 한 사람이 대회에 참가한다고 보증금을 빼다니! 다리가 남보다 하나 더 달려도 대회에서 우승을 할까 말까인데, 보증금 빼서 경비를 마련한다고 쳐도, 부러진 다리를 갖고 어디서 자려고 대책 없는 소리를 하나. 나도 대책 없는 인생이라는 소리를 종종 듣지만, 손 사부는 그 대책이라는 개념 자체가 없는 사람이었다.

"생각해 봤어, 이름?"

우리는 슬랙라인을 범국민적 익스트림 스포츠로 만들기 위해 온라인 카페를 통해 동호인을 모집하기로 결정했다. 그 첫 번째 실천을 위해 기똥찬 카페 이름을 지어야 한다는 데에 의견을 모았다.

"피라미드."

무심코 나온 말이었다. 카페의 스피커에서 흘러나오는 음악 때문이었다.

"피라미드? 이집트 피라미드? 왜?"

스피커에서 다이내믹한 노래의 후렴구가 흘러나왔다.

함께 정상에 올라가, 마치 피라미드처럼~. 그리고 심지어 바람이 불어도 우린 절대 떨어지지 않아, 계속 갈 거야. 영원히 우린 함께할 거야, 피라미드처럼…….

함께 줄 위에 선 우리의 모습이 그림처럼 펼쳐진다. 바람이 불어와도, 흔들리는 줄 위에서도 절대 떨어지지 않고 즐겁게 허공을 향해 몸을 던지는 광경이 펼쳐졌다.

나는 물을 벌컥벌컥 마셨다. 그리고 아주 천천히, 섹시한 포즈로 혀를 내밀어 입가에 묻은 물기를 핥았다. 손 사부가 질색을 한다. 엉덩이를 쭉 빼고 의자 등받이에 느릿하게 기댄다.

공터에서, 공원에서, 거리에서, 슬랙라이너를 보는 사람들의 시선은 불안하기 짝이 없다. 하지만 라인 위에 선 손 사부와 나는 한없이 자유롭고 안전하다. 지상 50센티미터 위보다 더 위태로운 세상을 살고 있다는 것을 사람들은 알지 못한다. 줄 위의 우리는 사람들이 자신들의 시선 속에서 거꾸로 세워놓은 피라미드일지도 모른다. 그러나 우리는 단단한 바위 위에 세워 놓은 피라미드나 마찬가지였다.

나는 손 사부에게 확신에 찬 목소리로 대답해 줬다.

"위태위태해 보일지라도 이 세상에 균형 없는 삶은 존재하지 않아. 우리는 늘 그 균형의 정점에 서 있는, 슬랙라이너잖아. 어때, 사부?"

손 사부의 얼굴 근육이 묘하게 풀어졌다. 피어싱을 한 눈썹이 씰룩거렸다. 눈썹 위에 자리 잡은 파란 별이 반짝인다. 테이블 아래로 내 발을 툭 차는 손 사부. 맞닿은 두 발이 마치 마음끼리 입맞춤한 기분이 들게 만든다. 지면을 느끼는 감각이 좋다며 늘 밑창이 얄팍한 운동화를 신는 손 사부가 내 슬리퍼를 찼다. 카페 바닥에 슬리퍼 한 짝이 툭 떨어졌다. 맨발의 발바닥이 고스란히 느끼는 세상의 촉감이 나는 참 마음에 든다. 아직 깁스를 풀지 않은 손 사부의 한쪽 발이 시선을 끌었다.

"무너진 내 한쪽 발의 균형, 율이 네가 맞춰 주면 되잖아. 걱정 마."

손 사부의 장점은…… 말 하나는 잘한다.

"더 좋은 이름이 생각날 때가 곧 올 거야. 어쨌거나 우리가 이집트 대표는 아니잖아?"

살다 보니 당혹스러운 일이 연달아 생기는 날도 오는구나! 담임이 나에게 도의 감시를 의뢰했다. 아니, 부탁이라는 표현이 더 적합할까. 아무튼 담임이 나를 교무실로 부르는 목적은 항상 같았다. 이율, 나라는 인간을 훈육, 교화하고자 하는 의지가 극에 달하는 경우에 "교무실로 따라와."를 명령하곤 했다.

그런데 오늘은 은밀한 말투로 나를 불렀다. 그리고 나는 모범생의 표준 모델이라 불릴 만한 이도가 자율 학습 땡땡이는 물론이요, 다니지도 않는 학원 핑계까지 댄 사실을 알아 버렸다. 일명 SKY반이라 불리는 방과 후 자율 학습 집단에서 도가 빠졌다는 게 담임의 설명이었다. 여기는 아무나 들어갈 수 없다. 전교 30등까지 모아 놓고 도서관에서 자율 학습을 하게 한다. 그러나 말이 좋아 자율 학습이지, 반강제적인 체제 아래

운영되는 반이었다. 물론 학원이나 과외 스케줄이 있는 아이들은 부모의 확인 동의서를 제출하면 자율 학습에서 빠질 수 있었다. 하지만 도는 빠질 이유가 없었다.

엄마는 교육관이 확실한 사람이었다. 교과목 선행 학습을 위한 학원이나 과외는 허락하지 않았다. 도와 내가 어릴 때 다닌 학원은 주로 운동이나 예능 분야였다. 수영, 태권도, 피아노, 종이접기, 서예, 축구 교실 등이 주를 이뤘다.

한번은 중3 겨울 방학 기간에 고등학교 수학을 미리 배워 보고 싶다는 도에게 엄마는 자신의 신념을 이렇게 알렸다.

"학원 가서 미리 배우면 나중에 고등학교 가서 뭐 하려고? 그리고 네가 선행 학습이랍시고 다 배워 가면 고등학교 수학 선생님이 할 일이 없어지잖니. 정 하고 싶으면 책을 사서 한번 궁리해 보든가."

엄마의 이런 교육관은 극단적인 결과를 낳았다. 도처럼 스스로 책을 파고들며 공부하는 자식과, 나처럼 공부는 학교에서 수업만 들으면 되는 거로구나 하고 여유만만하게 수업 때만 책을 보는 자식. 이렇게 양극화 현상을 낳는 교육법이라 할 수 있었다. 사실, 교육이 별건가 싶다. 나는 교과서만 아니면 세상의 모든 책이 재밌다. 학교 성적이야 도와 견줄 바가 못 되겠지만, 영화나 음악, 하다못해 만화책이라면 내가 도보다 훨씬 방대한 지식을 습득했다고 자부할 수 있었다.

나는 담임에게 적당히 둘러댔다. 집에서 잘하고 있다, 집안에 일이 있어서 당분간 자율 학습은 힘들 것 같다, 라며 입에 침도 바르지 않고 술술 털어놓았다. 담임은 나를 믿지 않았다. 그렇지만 우리 백발 마녀와 이도는 철석같이 믿었다.

교무실을 나오는데 뒤를 안 닦고 화장실을 나온 것마냥 찝찝한 기분에서 헤어나기 힘들었다.

'도는 대체 수업 마치고 어디로 사라지는 거지?'

도와 나는 옛날처럼 쌍둥이라는 사실을 홍보라도 하듯 붙어 다니지도 않고, 잘 시간을 넘긴 채 한 이불 속에 머리를 맞대고서 귀신 때려잡는 방법을 강구하지도 않는다. 그냥 한집에 살았고, 그게 전부였다. 한 지붕 한 가족이라고는 하지만 우리는 변해 있었다.

"무심했구나, 내가……."

교실로 가는 복도가 오늘따라 끝도 없이 길었다. 때마침 청소 시간이 되어 복도로 우르르 몰려나온 아이들이 빗자루와 대걸레를 들고 수선을 피웠지만, 나는 아무도 없는 길을 하염없이 혼자 걷는 기분에 사로잡혔다.

나는 도에게 뭐지?

# 검은 개가 왔다

도는 은밀한 녀석이다. 도를 보면 녀석이 어쩌면 간첩이 될지도 모른다는 생각을 가끔 하게 된다. 소리 없이 움직이는 재능, 실어증에라도 걸린 듯한 과묵함, 속을 알 수 없는 포커페이스부터 뛰어난 성적, 특히 외국어 습득 능력을 보면 007 제임스 본드 이래 최고의 스파이가 될 기질이 다분하다. 녀석은 초등학교 졸업 전에 JPT(일본어 능력 시험) 1급 자격증을 따고 HSK(중국어 능력 시험)까지 치렀다. 내가 장난으로 "이도, 네 외모로 동양권 언어는 아냐. 서구 쪽이 어울리지." 하자, 중학교 졸업 전에 토익 점수를 만점 가까이 받기도 했다.

'드르르륵.'

도의 휴대전화 진동이 아마 도보다도 감정 표현이 나을 게다. 휴대전화에 큰 반응이 없는 녀석이 오늘따라 반응이 재빠르다. 다른 것은 몰라도 나는 도보다 '촉'이 발달했다. 뭔가 거대한 것이 몰려오고 있다.

'뭐지?' 하는 순간, 도가 밖으로 튀어나갔다. 냄새가 난다. 도의 일상적인 태도에서 벗어난 행동이다. 드러내 놓고 쫓았다간 녀석의 눈총을 받을 것이다. 나는 뒤쪽 다용도실로 나가 담을 탔다. 담벼락은 또 다른 라인이다. 단단한 줄. 슬랙라인에 빠지기 전 나는 야마카시에 심취해 있었다. 세상의 모든 담벼락은 내 놀이터였다. 손 사부도 내가 벽 타는 솜씨를 보고 반했다니까 실력은 나쁘지 않은 셈이었다.

손 사부가 나에게 건넨 첫마디가 뇌리를 스쳤다.

"너, 유럽의 날다람쥐가 되어 보지 않을래?"

"날…… 다람쥐요?"

가히 인상적이라고 할 수 있는 대화였다. 설치류를 좋아하지 않는 나였지만 뭔가 되어 보자는 청유형 문장이 마음에 들었다.

감나무 근처의 담벼락이 최고 위치였다. 골목 어귀까지 한눈에 볼 수 있는 곳이었다. 당연히 우리 집 앞은 훤히 내다보였다. 나만 보면 성대가 나갈 듯이 짖어 대는 옆집 도베르만이 나를 볼 수 없는 유일한 위치이기도 했다. 행여 도를 놓쳤을까 봐 담을 발판 삼아 감나무 굵은 가지를 향해 뛰어올랐다. 드롭 점프. 물방울이 되어 툭, 몸을 나뭇가지 위로 날렸다. 목표 지점을 향해 다리를 뻗었다. 두 팔은 날개가 되어 잔가지를 붙잡았다. 나무 위에 매달린 순간, 나는 얼어 버렸다.

대문 앞에서 환하게 웃는 얼굴로 도를 바라보고 선 정지현의 모습이 환영이었으면 좋겠다. 그들이 맞잡은 손이 서로 얽힌 감나무 가지였으면 소원이 없겠다. 그 둘은 정말 자웅 동체처럼 딱 붙어 있었다. 벌건 대낮이 그들에게 장애가 될 수는 없었다. 골목 끝 집인 까닭에 우리 집 대문 앞은 몸을 은폐하기에 딱 좋은 장소였다.

"……좋아해, 이도. 그러니까 힘내."

"응."

그들이 무엇을 속삭이든, 마지막 대화는 듣지 말았어야 했다. 정지현의 고백에 도는 눈 하나 깜짝하지 않았다. 그들에게 늘 있는 일이었는지 도는 정지현을 한 번 꼬옥 안아 주었다. 그 애는 그런 도의 뺨에 입맞춤까지 했다.

"꼭 허락받을 수 있을 거야, 허락받을 수 있을 거야."

정지현의 입에서 흘러나온 말이었다. 무엇을 허락받겠다는 것인지 알 필요도 없었다. 알고 싶지도 않았다. 저들에게 무엇이든 허락하려는 자가 있다면 내가 막겠다. 그것이 무엇이든 허락을 받아서는 안 된다. 정지현에게 자꾸만 마음 끌리던 나, 줄타기 연습장에서는 정지현에게 항상 시큰둥했던 도, 그리고 나에게 물과 수건을 건네며 웃어 주던 정지현의 관계가 뒤섞여 혼란을 낳았다.

난생처음으로 나는 나무에서 떨어진 원숭이가 되었다. 휘청. 마음에 균열이 생기자 몸의 균형이 무너졌다. 감나무 위에서 망연자실한 채로 나는 아래로 쿵, 떨어졌다.

미련처럼 사람의 발길을 무겁게 만드는 것도 없다. 흙바닥에 누워 하늘을 보고 있자니 등이 시렸다. 일어서야 하는데 대문 밖의 저 두 사람이 무슨 은밀한 대화를 나눌까 궁금해서 일어날 수가 없었다. 언젠가 유튜브에서 본 영상이 떠올랐다. 안전장치 없이 천 길 낭떠러지 벼랑 사이에 줄을 이어 놓고 그 위를 맨몸으로 건너는 사나이. 지금의 내 심정이 딱 그랬다.

"이율. 너, 여기서 뭐 하냐?"

나무 아래 흙바닥에 누워 있는 나를 내려다보는 도의 무표정한 얼굴이 오늘따라 더욱 무심해 보인다. 빤질하게 잘생긴 저 얼굴이 유난히 빛나 보이는 건 왜일까. 사랑의 기운이 느껴진다고나 할까.

내가 지금 이렇게 충격을 받은 이유는 백발 마녀가 이 사실을 알고 크게 걱정할까 봐, 라고 나 자신에게 최면을 걸었지만 실은 나 역시 정지현에게 마음이 흔들린 까닭이었다. 그러나 흔들린 건 내 마음뿐이었고 저들은! 이도와 정지현은 서로에게 마음이 확실했다. 나를 두고 정지현과 비밀을 나누다니, 배신감이 들었다. 배신감에 앞서 섭섭한 기분에 나는 힘이 쭉 빠졌다.

일어날 생각조차 안 하고 여전히 누운 채로 도에게 물었다.

"무슨 관계야?"

"뭐가?"

"정지현 왔던 거 아냐?"

누워 있는 나를 도가 발로 툭툭 찬다. 나는 입을 꾹 다물고 정지현이 서 있던 대문 밖으로 시선을 옮겼다.

"책."

"정지현이 책이야? 그게 다야?"

"뭘 바라?"

당당하게 따져 묻는 도의 태도에 괜히 위축되었다. 솔직히 내가 이러는 것, 도의 관점에서는 사이코 같아 보이기에 충분했다. 정지현이 나와 무슨 관계라고 따져 묻는단 말인가. 기껏해야 줄타기 연습 갔을 때 처음 본 것이 전부였는데. 천사를 보았다고 내가 도에게 고백한 적도 없고, 정지현에게 흑심을 품고 있다고 녀석에게 방송할 생각도 전혀 없다. 나는 아직 내 이 감정을 정리하지 못했고 설명할 길 없는 감정 앞에 발만 동동 구르는 어린애였다.

"책 좀 보여 줘. 나도 책 궁금해서 그러지. 대체 무슨 책이길래 우리 집 앞까지 와서 전해 주냐고. 응?"

"너, 우리 훔쳐봤냐?"

듣지 말아야 할 단어를 들었다. 이도의 입에서 '우리'라는 단어가 나왔다. 머릿속에 잔뜩 꼬인 실타래가 들어찼다느니, 절대 풀 수 없는 수학 문제가 내 앞에 던져졌다느니 하는 표현으로는 설명할 수 없는 복잡한 감정이 나를 덮쳤다.

"야, 이도! 훔쳐보다니, 누가! 내가 도둑고양이야? 담벼락에 기어 올라가서 니들이나 훔쳐보게?"

도가 대놓고 한숨을 쉰다. 손에 든 책으로 바닥에 누워 있는 내 배를 꾹 찍어 눌렀다. 윽, 도의 무게가 복부에 고스란히 전해졌다.

"줄타기 연희본이야."

바닥에서 벌떡 일어나 앉아, 녀석의 손에 들린 줄타기 연희본을 빼앗아 펼쳤다. 슬랙라인을 하면서 교본을 따로 구경해 본 적이 없는데 전통 줄타기 연희본이라니. 하필이면 펼쳐 든 부분이 줄광대가 팔선녀에게 홀딱 빠져 정신 못 차리는 대목이었다.

　　젊은 중이 팔선녀들이 활딱 벗고 여기저기 더듬는 것을 보고 있자니 숨결이 가빠지고 욕심이 왈칵 나서 어떻게 해야 팔선녀를 발등거리를 해서 한번 놀 수 있을까 해서 중이 팔선녀를 홀리는데 염불타령 찬찬히 쳐 놓고 줄 위에서 승무를 추어서 팔선녀를 홀리는디…….*

침이 꼴깍 넘어갔다. 팔선녀라는 글자가 정지현으로 읽혔다. 속살이 훤히 비치는 선녀 옷을 입고 줄 위에서 옷자락을

* 심우성, 「김대균본 · 줄타기 연희본」, 『줄타기』, 화산문화, 2000, 143쪽.

나풀거리며 한들한들 걸어가는 선녀 같은 정지현. 나는 짧은 머리 선녀에게 눈이 멀고 심장을 잃은 젊은 슬랙라이너. 걸음 걸음 줄 위에서 가볍게 다가간다. 하늘거리는 옷자락이 손에 닿을 듯 말 듯 우리의 간격이 멀어졌다 좁혀졌다, 아슬아슬한데……

"염병 삼 년에 고드름똥 쌀 놈이다."

도였다. 녀석이 내 어깨 너머로 연희본에 시선을 담고 있었다. 내가 어느 대목을 읽는지 한눈에 알아차리는 무서운 놈이다. 산통 깨는 데는 선수다. 최고의 연적은 언제나 가까운 곳에 있는 법. 등잔 밑이 어둡다는 옛말은 조상들이 심심풀이 삼아 괜히 만든 소리가 아닌 것이다.


왈. 왈. 왈. 검은 개가 오려고 했다. 눈앞이 뿌옇게 변하고 온몸이 나른해지며 가슴이 무거워진다. 우울해지려고 한다. 나는 우울해, 라고 말하기가 싫다. 우울해지려고 하면 마음속에 드리워지는 어두운 그림자를 나는 '검은 개'라고 불렀다. 언제부터였는지, 왜 그런 말을 하게 되었는지 기억이 나진 않지만 아마도 외가에서 개한테 물리고 난 후부터일 거다. 개를 무서워하거나 개가 싫어진 것도 아닌데, 기분이 별로 안 좋은 상태가 되면 그 표현이 입에서 톡 튀어나왔다.

정지현이 나도 대문 밖으로 불러냈으면 소원이 없겠다. 다음 연습 때는 이율, 이라는 존재를 강력히 어필해야겠다. 지금의 내 감정이 어떤 것인지 확실히 해 둘 필요가 있다. 그러고 나서 도와 어떻게 할지 결정을 내릴 것이다.

저녁을 먹다 말고 엄마는 전화기를 한참이나 붙들었다. 수화기 너머로 간간이 히스테릭한 목소리가 흘러나왔다. 전화를 받으며 전화선을 배배 꼬는 엄마를 보니, 뭔가 골치 아픈 일이 일어난 게 틀림없다.

"다인이가 사라졌대. 너희, 다인이 본 적 없니?"

"없는데요."

도가 묵묵히 밥을 먹으며 대답했다. 갈치구이가 탔다. 나는 탄 부위를 조심스레 발랐다. 주다인, 눈치 빠른 것. 아무래도 나한테 혼날까 봐 어디로 내뺐나 보다.

"걔는 계집애가 겁도 없이 어디로 사라져? 하긴 삐쩍 말라서 누가 잡아가지도 않겠다."

"너, 이 새끼. 이율! 그게 동생한테 할 소리야? 인정머리 없게."

"엄마! 내 인정머리가 그렇게 남아도는 줄 알아요? 걔한테 나눠 주게?"

픽! 엄마는 순발력이 뛰어났다. 아마도 전문의 시험 중에 순발력 테스트가 따로 있지 않을까 의심스러울 정도다.

"걔가 왜 내 동생이야?"

펄쩍 뛰자, 이도가 갈치 살점을 발라 내 밥숟갈 위에 올려 놓아 주며 씩 웃었다.

"동생은 아니지. 율이 너한테 여자지."

"아, 미친 새끼! 그래서 넌……. 정지현이 너한테……. 아, 젠장!"

"정지현이 뭐?"

도의 입에서 큰 소리가 나자 백발 마녀도 깜짝 놀랐다. 집에 불이 나면 "불이야!" 하고 큰 소리로 외칠 수나 있을까 의심스러운 녀석이었는데 말이다.

"정지현이 누구니?"

엄마가 호기심 가득한 눈빛을 도에게 던졌지만 녀석은 작은 소리로 "나중에."라고만 말했다.

'오호라, 지금은 때가 아니다 이거냐?'

내뱉은 욕을 다 소화하기도 전에 나는 밤길을 나섰다. 밖이 시끄러웠기 때문이었다. 궁금한 것은 못 참는 성격이 한몫했다. 우리 집에서 궁금한 것을 못 참는 또 다른 일인도 함께였다. 백발 마녀도 어깨에 숄을 뒤집어쓰고서 다인이 엄마를 위로하는 중이다.

"대회 준비를 앞두고 이럴 애가 아닌데……. 꼭 좀 찾아 주세요. 연습장이고 갈 만한 곳은 다 찾아봤어요. 우리 다인이 그냥 애가 아니라구요. 세계 피겨스케이팅계의 역사를 새로 쓸 아이라구요. 으읍, 흑!"

이토록 현란한 절규를 들어 본 적이 있던가. 딸이 사라진 마당에 세계 피겨스케이팅계의 미래를 걱정하는 부모는 처음이었다. 번쩍거리던 다인이 엄마의 필 아이새도는 자취를 감춘 지 오래였다. 경찰은 주다인 주변의 친구들과 하루 일정을 메모했다. 어디론가 연락을 취하고, 뒤늦게 달려온 다인이 아버지와 대화를 나누었다.

원수 같은 주다인이 사라져도 밤은 오고 별은 떴다. 한밤의 소란을 엿보려는 듯 주택가의 담장 너머로 길고양이가 어둠 속에서 눈을 번뜩였다. 자정을 훌쩍 넘긴 시각이었다.

'재밌냐? 내 용돈 원상 복귀시켜 놓으라고 따지기도 전에 어디로 사라진 거야?'

나는 어둠 너머에 몸을 웅크리고 앉아 있는 검정고양이에게 눈으로 말했다. 내 심통을 읽었는지 가늘고 높은 고양이 울음소리가 골목의 어둠을 얇게 갈랐다.

고양이 울음소리를 듣고 있자니, 병문안 왔던 주다인 얼굴이 자꾸만 어른거렸다. 머리가 깨지고 집에 누워 있는 나에게 주다인은 온종일 붙어서는 갖은 질문을 해 댔다.

"율 오빠, 왜 이렇게 다쳐? 구르고 뛰고 점프하고 날아오르고. 이렇게 다치면서 왜 매번 그러는 건데?"

늘 부상 걱정을 안고 사는 주다인이 보기에 나는 괴상한 놈이었을 거다. 피겨스케이팅 선수인 주다인은 겨우 열여섯의 나이에 환갑 넘은 노인들에게서나 나타날 법한 척추 질환, 관절염을 달고 살았다.

병문안 오면서 제가 들고 온 모카 크림빵을 양껏 먹는 주다인에게 나는 천천히 알려 줬다.

"하늘을 못 봐, 아버지가 사라진 뒤로."

"왜?"

"흠……. 그러니까 겁을 먹은 거지. 잔뜩 쫄았다고나 할까. 쪽팔려서 말 안 하려고 한 건데…… 너니까 해 주는 거야."

내 말에 감동 먹었는지 주다인의 눈동자가 초롱초롱 빛났다. 펼쳐진 블라인드 사이로 햇살이 밀려들었다. 마루 장판 위에 줄무늬 햇살이 새겨졌다. 긴 가로줄의 햇살이 장판에 자로 댄 듯 반듯하게 그려졌다. 나는 침대 아래로 발을 내렸다. 발끝을 바닥에 새겨진 햇살의 가로줄 위로 살짝 내려놓았다. 햇살이 발등에 와 닿았다.

"율 오빠. 오빠, 날 특별하게 생각하는구나."

"내가 이렇게 시시한 놈인 걸 알아야 네가 나한테 더 이상 고백 따위 안 하지."

주다인이 내 옆구리를 꼬집었다. 주먹으로 치려고 했었는지 쥐었던 주먹을 풀더니 손가락으로 꼬집은 것이다. 나는 침대에 누워 창밖을 바라보았다. 누워서 본 하늘은 맑고 깨끗했다. 황사도 내가 바라보는 창밖만 피해 갔나 싶을 정도로 맑은 하늘이었다.

"깨지고 다치면서 지금 나는 살려고 애쓰는 거야. 아버지 없이 살려고, 공포를 이겨 보려고 몸부림치는 거야."

그것이 내가 라인 위에 오르는 이유의 전부였다. 하지만 이

건 어디까지나 어린 시절부터 나 보기를 왕자님 보듯 하는 옆집 어린애한테 하는 과장이고, 나는 그냥 아무 생각이 없고 싶었다. 슬랙라인 위에서는 그것이 가능했다. 나는 줄 위에서 몸을 날리는 것만으로도 충분히 즐거웠고 그 순간이 좋았다. 내 기분을 아는지 모르는지, 주다인은 묘한 표정을 지었다.

등잔 밑은 진짜 어두웠나 보다. 상관하지 않겠어, 라고 흥얼거렸으면서 왜 주다인이 연습하는 빙상장까지 자전거를 끌고 달렸을까. 등잔 밑이 궁금했다. 호기심은 내 발목을 잡는다. 도와 정지현의 관계를 확인한 충격도 한몫했다.

불이 꺼진 빙상장에는 봄기운이 서리지 않은 찬 바람이 불었다. 으스스한 몸을 잔뜩 움츠리고 자전거를 돌리려는데, 건물 뒤쪽의 어두운 곳에서 작은 무언가가 움직였다. 길고양이인가 생각하기에는 둔탁한 움직임이었다.

잔디밭과 인도 사이의 경계를 누가 천천히 걷고 있다. 너비 10센티미터 정도의 블록 위를 꼼꼼히 밟고 있다. 길 끝의 가로등 불빛이 걷고 있는 사람의 얼굴에 그늘을 드리운다. 나는 저 작은 움직임의 주인공이 누구인지 익숙했다.

"야, 이 분홍 돼지! 너, 장난하냐?"

장난하냐, 지금 이 시간에 여기서 뭐 하냐는 물음이었다. 장난하냐, 여자애가 밤에 겁도 없냐는 질타였다. 장난하냐, 왜 내 일에 참견해서 내 용돈을 날리게 만들었냐는 분노 표출이

었다. 장난하냐, 나는 왜, 도대체 무엇 때문에 여기에 와 있는
거냐는 나 자신조차 알 수 없는 행동에 대한 궁금증이었다.

가로등 불빛 아래 얼굴을 드러낸 주다인. 다인이에게도 검
은 개가 찾아왔다. 지치고 물기를 가득 머금은 얼굴이 보는
이로 하여금 미안함을 느끼게 한다. 주다인은 나를 가만히 서
서 바라보았다. 3미터 거리를 두고도 주다인 얼굴의 솜털이
다 보였다. 주먹을 꼭 쥔 손이 바들바들 떨고 있는 것도. 몸을
휙 돌리더니 주다인이 다시 블록 위를 또박또박 걷는다. 건물
을 둘러싸고 쭉 이어진 블록이 만리장성처럼 느껴졌다.

오늘, 심란한 사람은 나 혼자가 아니었다. 블록 위를 따라
걷는 주다인의 뒤를 따라 자전거를 천천히 몰았다. 밤의 어둠
속에서 우리의 그림자는 더 짙은 빛을 뿜으며 주다인과 나를
따랐다.

"주다인. 너한테 라인이 뭐냐?"

실컷 걸었는지, 계단에 쪼그려 앉아 젖은 양말을 벗는 주다
인의 표정이 잔뜩 일그러져 있었다. 발이 엉망이었다.

'대체 이 발의 정체는 뭐냐?'

가냘프고 여리여리한 주다인의 발이라고 믿기 어려운 발이
눈앞에 있었다. 엄마가 아버지한테 종종 갈아 주던 칡뿌리가
절로 떠오르는 생김새였다. 굳은살과 찢긴 상처, 물집이 잡혀
피딱지와 엉겨 붙은, 아직 아물지 않은 상처가 뒤섞여 있는
발이었다. 죽어 버린 나뭇등걸 같은 작은 발이 시멘트 계단에

가지런히 놓여 있다.

나는 다시 물었다. 하고많은 질문 중에 나는 왜 이런 질문을 하고 싶었을까. 아마도 다인이가 스케이트를 신고 얼음 위에 새길 자국들이 끊어지지 않고 엉키는 줄처럼 느껴져서 그랬나 보다.

"주다인, 너한테 라인이 뭐냐고."

"오빠."

"오빠아?"

라인이 뭐냐고 물었더니 나란다. 외국어를 하는 것도 아닌데 도통 이해할 수가 없었다. 멍한 내 표정을 흘깃 보더니, 웃어 버리는 주다인의 얼굴 위로 달빛이 서늘하게 비쳤다.

"첫사랑이라구."

젖은 양말, 엉망인 주다인의 발. 배는 고프고, 나는 주다인의 마음을 어찌해야 좋을지 모르겠다. 뜬금없이 정지현의 미소가 심장에 쿵 하고 한 방, 뇌리에 쿵 하고 두 방 떨어졌다. 그래, 머리로는 막을 수 없는 첫사랑…… . 나도 알겠다.

"율 오빠. 나도 오빠가 하는 그거 가르쳐 줘, 슬랙라인."

"너, 당장 그만둬. 첫사랑도 그만두고, 슬랙라인도 하지 마."

"왜 그만둬야 하는데? 나한테 라인은 오빠야, 첫사랑. 오빠가 줄 타니까 세상의 가늘고 긴 줄만 보면 오빠 생각나. 라인 위에서 뛰는 오빠 좋아 보여. 나도 즐겁고 열심히 살고 싶다는 생각이 드니까. 오빤, 뭐든 즐겁게 하잖아."

속으로 생각했다. 다인이 말이 하나도 틀린 거 없다고. 나에게도 라인은 첫사랑이었다.

"오빠, 나 그냥 즐겁게 뭔가를 하고 싶어. 오빠랑 같이 하면 뭐든 즐거울 수 있을 거 같아서 그래. 한 번만, 딱 한 번만…….나 좀 봐주면 안 돼?"

봐달라는 다인이의 말이 평소와 다르게 들렸다. 내 기분 탓만은 아니었을 거다. 후렴구처럼 뒤를 잇는 다인이의 고백에 내가 사로잡혔기 때문이었다.

"빙판 위를 혼자서, 맨발로 걸어 본 적 있어?"

밤공기에 노출된 다인이의 발가락이 빨갛다.

"미쳤냐? 동상 걸려 죽게?"

"난 있어."

"스케이트 놔두고 웬 맨발?"

"발이 찢어지는 것처럼 아팠어. 하지만 더 아팠던 건 내 마음이었어."

그러면서 도대체 애는 왜 맨발로 빙판을 걷는 쓸데없는 짓을 했다지?

"혼자 가야 하는 걸 잘 알고 있었거든, 그 길. 멈추면 되지 않냐고……. 맞아, 멈추면 되는데 그럴 수 없었어. 그럴 수 없고 그러고 싶지 않았으니까. 빙판 위를 걷는 건 내 운명이니까. 난 그렇게 알고 살았거든."

그러면 계속 빙판 위를 걸어, 라고 간단하게 말할 수 있으면 좋으련만 이 타이밍에 그런 말은 주다인에게 큰 실례가 될 거라는 확신이 들었다.

"야, 주다인! 주접 떠는 소리 그만하고 알아듣게 말해."

밤하늘 위로 비행기가 날아올라 천천히 어둠 저편으로 사라졌다. 비행기의 움직임을 알리는 빨간 불빛이 작은 보석처럼 아름다웠다.

"나, 진짜 힘들어. 혼자 빙판 위에 서 있는 것도, 체중 조절하는 것도, 일 년 삼백육십오 일 내내 쉬는 날 없이 연습하는 것도 몽땅."

"……"

이런 대목에서는 위로를 해야 옳은 건지, 아니면 그냥 모른 척하는 게 맞는 건지 배운 적이 없어서 모르겠다.

"오빠, 나 겨우 열여섯 살이야. 나도 다른 애들처럼 피자랑 햄버거 마음대로 먹고 싶어. 크림 케이크도 잔뜩 먹고 초콜릿도 먹고 애들이랑 콘서트도 가고 영화도 보러 가고 싶어."

나는 주다인에게 손을 내밀었다. 평소 같으면 절대 하지 않을 행동이었다. 그러나 오늘만은 주다인에게 반드시 손을 내밀어 줘야 할 것만 같은 의무감이 들었다. 크림 범벅인 케이크를 한 조각 사 줄 수 있으면 좋겠지만 빈손으로 나왔다.

나는 발로 다인이의 신발을 툭 차서 다인이 발 앞으로 밀어 주었다. 다인이네 집에서 훔친 슬리퍼 한 짝이 심장을 콕 찔렀다. 홧김에 담 너머로 던져 버렸는데.

"앞에 탈래, 뒤에 탈래? 선택은 네가 해. 오늘만 태워 주는 거야."

툭 던지듯 내뱉는 말에 주다인이 활짝 웃었다. 내 손을 잡는 주다인은 다시 발랄한 열여섯 살로 돌아왔다.

우리는 줄 위에 선다. 다인이는 날 위에 선다. 주다인은 줄 위에 서는 것도 스케이트 날 위에 서는 것과 같은 기분일 거라고 했다. 나는 알 수가 없다. 스케이트 날 위에 서는 기분을 알지 못하니까. 하지만 오늘 밤에는 안다고, 알 것 같은 표정을 주다인 앞에서 지어 주고 싶은 기분이다.

"자전거 앞에 앉고 싶지만 참을게. 얼굴 마주 보고 앉으면 사고 나니까."

얘가 무슨 상상을 하길래⋯⋯. 다인이가 안장도 없는 자전거 뒤쪽에 폴짝 뛰어 올라섰다. 체인을 감싼 받침대에 까치발을 딛고 섰다. 까치발을 딛고 서는 게 주다인한테 얼마나 힘든 일인지 나는 잘 알고 있다. 끙끙대면서 기어이 까치발을 하고 내 등 뒤에 선 주다인. 빨갛게 변한 다인이의 맨발이 눈앞에 가물거렸다. 다인이네 집에서 훔쳐 들고 나온 한쪽 슬리퍼 생각이 간절했다. 골목, 누군가의 집 담벼락 너머로 괜히 집어 던졌나 보다.

"오빠, 달려!"

"떨어지지 않게 내 어깨 꼭 잡아."

"응, 절대 떨어지지 않을 거야."

페달을 힘껏 밟았다. 밤의 어둠 속으로 달려간다. 등 뒤에서 느껴지는 온기에 자꾸만 실소가 흘러나왔다. 주다인은 공기처럼 가벼웠다. 너무 가벼운 애는, 분명히 말하지만 내 취향이 아니다. 자전거 앞에 달린 작은 헤드라이트가 어둠을 뚫고 뻗어 나갔다. 가늘지만 끊어지지 않는 빛줄기를 보며 우리는 달린다.

# 5월 8일

5월이다. 나에게 5월은 잔인한 달이었다. 아버지는 열두 달 중 가정의 달인 5월에, 그것도 많은 기념일을 두고 5월 8일 어버이날에 이 세상과 영원히 안녕했다. 하필이면 선물을 하지 않은 어버이날이었다.

도를 꼬여서 사고 싶었던 게임팩을 몽땅 사들였다. 선물 살 돈이 바닥난 상태였다. 나는 자책감에 빠진 도에게 밝은 얼굴로 말했다.

"어버이날은 이번에만 있는 게 아니야. 내년에 엄청 큰 선물 사 드리자."

우리의 이런 다짐을 알게 된 백발 마녀가 아버지 대신이라며 해마다 거대한 어버이날 선물을 요구하고 있다.

아버지는 술 한 잔 하지 않고도 종종 낯간지러운 소리를 잘

했다. 일일이 기억할 수조차 없는 오글거리는 소리들 중에서도 베스트는 드라마를 보다가 뜬금없이 도와 내게 건네는 말이었다.

"이율, 이도. 나는 너희가 내 아들들이라서 참 다행이다."

너무나 자주 반복되는 아버지의 멘트에 심장이 점점 무뎌졌나 보다. 텔레비전 화면에서는 말도 안 되는 개그가 흘러나올 때도 있었고, 걸 그룹 아이돌이 엉덩이를 흔들어 댈 때도 있었다. 가끔은 불륜이 빠르게 진행되는 막장 드라마가 펼쳐질 때도 아버지의 낯간지러운 소리는 조사 하나 틀리지 않고 항상 똑같았다. 우리가 당신의 아들들이어서 참 다행이라는 아버지의 말에 도가 고개를 끄덕이기도 했고, 내가 오징어 다리나 육포 조각을 씹으며 무덤덤한 목소리로 "그러게요, 우리가 아버지 아들이라 진짜 다행일 거예요." 따위의 소리를 건네기도 했다. 아버지는 언제나 진심이었을 것이다. 엄마는 낯간지러운 아버지의 말이 연애의 끝과 결혼의 끝에도 변질되지 않을지 궁금해서 결혼을 감행했다는 고백도 했다.

"그래서 아들들아, 우리 다음 생에도 가족으로 만나자."

나는 말도 안 되는 소리라고 했고, 도는 후생에서 다시 만날 확률을 수학적으로 계산해 보자고 했다. 아버지는 내 머리에 꿀밤을 한 방 먹이고서 도와 머리를 맞대고 확률 계산에 들어가곤 했다. 도는 그때의 아버지 덕분에 수학 귀신이 되었다. 아버지는 우리에게 '좋은 형' 같은 존재였다. 내가 아버지를 아버지가 아닌, 좋은 형 같다고 느낀 이유는 자전거 때문이었다.

보통 사내아이들, 내 또래 친구들은 아버지한테 자전거를 배웠다. 도와 나는 유년 시절 자전거 타는 법을 각자 알아서 터득했다. 아버지는 비행 때문에 늘 바빴다. 자전거 뒤를 잡아 주는 아버지가 없어도 우리는 불평하지 않았다.

아버지는 도와 나에게 줄 위에 서는 법을 알려 주었다. 우리를 민속촌에 데려간 아버지는 전통 줄타기 공연을 보여 주었다. 가느다란 줄 위에서 위태롭게 묘기를 부리는 줄타기 명수의 발놀림에 도와 나는 혼을 홀딱 빼앗겼다.

'라인, 라인을 따라 걸어라.'

도는 전통 줄타기를, 나는 슬랙라인 위에 서는 법을 결국 아버지에게 배운 셈이었다. 줄 위에서든 인생에서든 제 앞에 놓인 줄을 잘 따라 걸어가면 괜찮다는 것을 아버지를 통해 처음으로 알았다. 자전거를 탈 때 자꾸 몸이 떨리고 흔들린다고 말하자 아버지는 우리에게 비법을 하나 알려 주었다. 줄을 따라가라고 했다. 세상의 모든 길에는 선이 그어져 있다고, 그 선은 줄이라고, 그 줄을 따라가면 결코 흔들리지 않을 거라고 했다. 자전거를 홀로 탈 때와 같은 두려움은 없었다. 겁도 먹지 않았다. 우리가 설 줄 아래에서 아버지가 반드시 우리를 지켜보고 있다는 것을 알았으니까.

5월 8일 어버이날이 밝았다. 아버지가 돌아가신 뒤로 엄마는 어버이날 카네이션을 가슴에 달지 않았다. 아버지는 우리가 열네 살 때 비행 사고로 세상을 등졌다. 비행 훈련 도중, 기체 결함 때문에 추락사로 순직했다. 하필이면 5월 8일 어버이날이었고, 아버지는 할아버지와 할머니한테 최고의 불효자가 되어 버렸다. 새벽 비행 훈련 탓에 도와 나는 졸린 눈을 비비고 일어나 아버지 가슴팍에 카네이션을 달아 줘야 한다는 부담감으로 밤잠을 설쳤다. 그러나 정작 새벽에 나가는 아버지 가슴에 카네이션을 달아 준 사람은 엄마였다. 우리가 전날 사다 놓은 카네이션을 엄마는 잊지 않고 아버지 가슴에 달아 주었다. 아버지는 잠든 아들들을 위해 인증 샷을 남겼다. 파일럿 복장을 하고서 빨간 카네이션을 단 가슴을 과장된 포즈로 내민 모습이었다.

홀로 남은 엄마는 카네이션을 받지 않았다. 어차피 시들 꽃, 아까워서라고는 했지만 거짓말이다. 아마도 아버지의 마지막 가는 길에 꽃을 달아 준 것에 죄스러운 기분이 들었나 보다. 그동안 엄마에게 카네이션을 달아 주지 않았지만 이번에는 그냥 넘어가기가 마음이 쓰였다.

"엄마, 가슴 내밀어 봐."

아침상 앞에서 엄마한테 부탁하자, 엄마가 의심스러운 눈초리로 팔짱을 꼈다.

"이율, 아침부터 징그럽게 엄마 가슴을 노리는 거냐?"

"아, 진짜! 엄마야말로 왜 아침부터 19금 멘트야, 예민한 청소년한테."

"그러게 가슴은 왜 내밀래?"

"훈장 달아 주려고!"

교복 바지 주머니에 넣어 둔 작은 카네이션 브로치를 꺼냈다. 그리고 힘으로 엄마를 제압해 엄마의 블라우스 옷깃에 브로치를 달아 주었다. 작고 빨간 카네이션 브로치가 반짝거렸다.

엄마가 한 소리 하기 전에 선수를 쳤다.

"두고두고 쓸 수 있는 거니까 돈 낭비 아니지? 브로치는 절대 시들지 않아. 그러니까 그냥 달고 병원 출근해."

엄마는 말없이 등을 돌리더니 밥그릇에 밥을 펐다. 내가 옆자리에 앉자, 도가 내 머리를 마구마구 쓰다듬었다. 머리 건드리지 말라고 욕을 해 주려는데, 도가 나를 향해 엄지손가락을 번쩍 들어 보였다. 이렇게 나오면 내가 반항할 수가 없다, 도한테. 내 심장은 칭찬에 유달리 약하니까.

세 식구가 머리를 맞대고 식탁에 앉아 아침을 먹었다. 5월 8일에는 아침밥이 잘 안 넘어간다.

"이 자식들이 밥상 앞에서 제사 지내나? 어서 먹어."

엄마가 나와 도에게 반찬 그릇을 밀어 주었다. 하필이면 내 앞으로 내가 싫어하는 도라지무침이 밀려왔다.

"제사는 오늘 저녁인데 아침에 무슨 제사를 지내겠……

억!"

도가 말대답하지 말라는 눈치로 내 발을 꾹 밟았다.

"반만 먹을게. 요즘 체중 조절해."

"갑자기 웬 체중 조절이야?"

"스키니 좀 입어 줘야지. 나 같은 패션 리더가 스타일 쫙 살
게 입어 줘야 예의지."

"이율! 스키니진, 어림도 없어. 너, 그게 비뇨기에 얼마나 죄
악인지 알아? 고추도 안 서."

의학적인 상식이 넘치는 엄마를 둔 아들은 참으로 피곤하
다. 부모 자식 간에 생식기 예의라는 것도 없나? 엄마는 너무
나 심하게 오픈된 심장을 가지고 있다. 밥을 먹다 말고 도가
곁눈질로 내 거기를 슬쩍 보더니 픽 웃었다. 이도, 이 자식의
행동이 더 기분 나쁘다. 큰 소리로 항변하고 싶었지만 뾰족한
변명거리가 떠오르지 않았다.

그렇다고 나, 슬랙라인 한다고 고백할 수도 없었다. 엄마는
내가 슬랙라인 하는 것을 모른다. 나는 도처럼 엄마를 설득할
자신이 없었다. 도는 처음 전통 줄타기를 배울 때 엄마의 엄
청난 반대에 부딪혔다. 녀석은 기막힌 논리로 엄마를 설득하
고 줄 위에 올랐을 것이 분명했다. 녀석은 사건 사고 없이 지
금까지 줄을 타고 있었다. 그러나 나는 머리까지 깨진 마당에
슬랙라인을 고백하기에는 타이밍이 영 아니었다.

"엄마, 나도 반만."

도가 밥그릇에서 밥을 덜어 냈다. 엄마 귀가 빨개졌다. 분노 게이지가 상승 중이라는 증거다.

"넌 뭔데?"

도가 무덤덤한 목소리로 말했다.

"무거우면 떨어져."

엄마는 도에게 줄타기 공연 때문이냐고 물었고, 도는 "검사 검사."라는 건방진 대답을 했다. 길지도 않은 대답으로 자기가 원하는 모든 것을 관철하는 도가 진정으로 존경스러웠다.

"이도, 이율. 오늘 무슨 날인지 알지? 일찍 와서 준비하고, 올 때 장 좀 봐서 와 줘. 수술 스케줄이 잡혀서 상황이 어떻게 될지 몰라 그러니까, 부탁해."

"응, 걱정 마요."

나는 대답을 하고, 도는 말없이 제사상에 올릴 제수 목록을 적은 종이를 챙겨 교복 주머니에 넣었다.


주말 재래시장은 사람들로 붐볐다. 장을 보는 훤칠한 남고 생은 어딜 가나 사람들의 시선을 사로잡는 모양이다. 장바구 니를 끌고 생선 가게 근처를 배회하는데, 아줌마들은 물론이 요 갈래머리 꼬마 여자애까지 우리에게 흠뻑 빠졌다.

"잘생겨도 피곤하다, 도야."

"……."

녀석은 아무래도 전생에 입이 없는 식물이었을 것이다. 종이만 뚫어져라 들여다보며 시장 구석구석을 돌아다녔다.

"이모, 생선전 할 건데 뭐가 좋아요?"

나이 육십이 가까워 보이는 할머니한테 나는 과감하게 이모라고 불렀다. 이모라는 말에 도의 미간이 구겨졌다.

"하이고, 젊은 총각이 늙은 할매 뱅기 태울 줄도 아네."

나는 몇십 년을 깎아서 이모라고 해 줬는데, 생선 가게 할머니는 상도가 없다. 나더러 총각이라니! 풋풋하기 짝이 없는 고등학생한테. 그리고 비행기 사고로 돌아가신 아버지 제사상 차리는 날에 뱅기라는 금지어를 내뱉다니!

"어머니, 동태전 할 겁니다. 동태 주세요."

도가 깍듯하게 할머니한테 말하자, 할머니는 동태를 건네는 대신 대뜸 도의 손을 덥석 잡았다.

"하모하모, 주고말고. 최고로다 싱싱한 놈으로 주지, 내가."

동태를 건네면서 생선 가게 할머니는 도의 손을 주무르고 또 주무르고, 급기야 도가 꾸벅 인사를 하고 나오기 전에 도의 엉덩이에까지 손을 댔다.

"자~알생겼다!"

덤까지 얹어 주는 할머니 때문에 나는 도의 얼굴을 다시 한 번 찬찬히 뜯어보게 되었다. 깨끗한 피부에 반듯한 이마, 짙은 눈썹과 큰 눈, 곧고 높은 콧대가 두드러졌다. 텔레비전에 비치는 웬만한 탤런트들 저리 가라 하는 얼굴이었다.

도는 이목구비가 큼직큼직한 게 엄마를 닮았고 나는 꽃미남 아버지의 판박이다. 웃기는 건, 도가 입양아라는 사실이다. 엄마의 피도, 아버지의 피도 단 한 방울 섞이지 않았다는 현실. 그건 엄마도 알고 나도 알고 세상도 알고 도도 안다. 숨길래야 숨길 수가 없다. 특히 사춘기를 지나면서 도의 외모가 눈에 띄게 서양인 모습을 하는 바람에 도는 은근히 사람들 시선에 시달렸다. 그것이 좋은 의미이든 나쁜 의미이든, 도는 사람들의 노골적인 시선을 부담스러워했다. 도가 말없는 아이가 되던 무렵이었다.

초등학교 6학년 때인가. 도는 크게 한 번 사고를 쳤다. 자신을 두고 버려진 애라고, 반반 섞였다며 짬뽕이라고 놀린 애의 코를 박살 냈다.

문득 도가 천천히 입을 열었다. 낮고 단단한 목소리였다.

"아버지는 나에게, 그런…… 그러니까 내가 안심할 만한 말을 수시로 해 줬어. 내가 선택받은 것이 아니라, 아버지가 내게 선택받은 거라고……. 그렇게 늘 나를 위로하고 안심시켜 줬어."

나는 물끄러미 도를 바라보았다. 장바구니를 왼손에서 오른손으로 옮겨 들었다. 도의 불안감을 다독여 줄 아버지는 이제 없다. 나도 알고 도도 안다.

"……"

"아버지는 그런 내 마음을 가장 먼저 읽어 낸 사람이었어. 그리고 새하얀 도화지를 온통 빨간색으로 칠해 주려고 애쓴 사람이었어, 내가 괴로워하거나 슬퍼하지 않게."

도가 그렇게 세상을 의식하고 있는 줄 꿈에도 몰랐다. 저토록 잘난 얼굴로 튀는 게 싫다고 말하다니……. 그런데 나는 혼혈아만이 갖는 이목구비의 장점을 부러워하며 도에게 외모에 관해 떠들어 댔으니……. 내가 제일 나쁜 놈이었다.

"미안하다, 이도."

도가 제자리에 멈춰 서서 내 얼굴을 빤히 바라보았다. 그러더니 제일 무거운 과일 봉지를 내 손에 넘겼다.

"미안하라고 내 옆에 너 세운 거 아니야."

"응. 그럼 앞으로는 다른 일로 네 옆에 내가 서 있을게."

건네받은 과일 봉지는 생각보다 엄청, 많이 무거웠다.


아버지가 살아 있을 때나 없을 때나 엄마의 멘트는 한결같아서 좋다.

"식사하러 내려와요."

아버지는 전투기 조종사였다. 훈련을 마치고 지상에 내려오면 '땅 멀미' 난다고 엄마에게 엄살을 부리곤 했다. 집에 있을 때는 이층 서재에 틀어박혀 혼자 시간 보내는 것을 즐겼다. 늘 밥상 차렸으니 내려오라고 엄마가 서너 번은 악을 써야 머쓱한 표정으로 내려오고는 했다. 아버지가 당신의 제사상을 받기 위해 하늘에서 내려오고 있을 시각이었다. 대추, 사과, 배, 감, 밤, 고기 산적, 전, 삼색 나물, 탕, 북어포, 약과, 유과가 차려진 제사상을 보며 이 중에 아버지의 기호 식품이 무엇이었나 고민했다.

영정 사진 속의 아버지는 중령 계급장을 달고 있었다. 공군 제복을 입은 아버지의 모습은 마냥 행복해 보였다. 엄마는 마지막으로 상차림을 확인하더니 우리에게 말을 건넸다.

"아버지한테 한마디씩 해."

"자리에 없는 사람한테 왜 자꾸 한마디 하라고 해?"

그러잖아도 아까 전을 부칠 때부터 가슴 한구석이 묘했는데 엄마는 사람 환장할 소리만 했다. 엄마의 손이 올라가고 곧이어 내 등이 후끈 달아올랐다. 말없이 영정 사진을 바라보던 도가 낮지만 명확한 발음으로 말했다. 도의 목소리는 독백이 아니라, 마치 아버지를 앞에 두고 건네는 간단한 인사 같았다.

"들어가세요."

'하아, 미치겠다. 들어라가니!'

나는 넋이 반쯤 나간 얼굴로 도를 보았다. 녀석은 내게 눈길도 주지 않았다. 엄마는 고개를 가만히 끄덕였다. 그리고 침묵이 흘렀다. 내가 아버지에게 한마디 하지 않는 이상, 제사상을 2박 3일이고 6박 7일이고 절대 치우지 않을 엄마였다. 마른침을 삼키며 나는 오래전, 그러니까 오래전부터 툭하면 아버지가 도와 나에게 뜬금없이 건네던, 추억의 낯간지러운 말을 꺼냈다. 가슴속 깊은 곳에서 삐거덕거리는 오래된 서랍을

여는 것처럼 천천히.

본론은 꺼내지도 않았는데 코끝이 이상하게 매웠다. 아버지 영전에 올린 거라고는 간도 되지 않은 제수들뿐인데 코끝이 떨어져 나갈 것처럼 매웠다.

"아버지! 나…… 다음 생에 태어나면 꼭, 또다시 아버지 아들로 태어날게요."

꿈에서도 못한 말이었다. 염을 할 때 아버지 얼굴을 똑바로 보고도 전하지 못한 말이었다. 아버지가 이 세상에 있을 때는 몇 번이고 꺼낼 용기가 없던 말이었다. 바보, 병신, 쪼다 같은 새끼……. 나는 왜 이깟 한 문장을 아버지 귓가에 들려주지 못하고 허공으로 사라지게 만들었을까. 왜 용기 내지 못했을까.

제자리에 서서 발끝만 내려다보고 있었다. 도처럼 영정 사진을 똑바로 볼 수가 없었다. 아버지가 나를 보고 피식 웃을 것 같아서 겁이 났다. 내 발끝 옆으로 도의 발이 지나갔고 엄마 발이 스쳐 갔다. 제사상 위의 제기들이 정리되는 내내, 나는 그 자리에 서서 꼼짝하지 않았다. 엄마도 나에게 상 치우라느니, 저리 비키라느니 하는 그 어떤 말도 건네지 않았다. 스치듯 지나치며 도가 내 엉덩이를 툭 건드린 게 전부였다.

# 꼬인 놈

삶은 퍼즐이다. 살아가면서 우리는 한 조각의 퍼즐을 쉽게 찾기도 하고, 어렵게 찾기도 한다.

퍼즐에 처음 매력을 느낀 다섯 살 때부터 초등학교 시절 내내 나는 퍼즐광이었다. 외가에 갈 때도 당연히 퍼즐은 내가 짊어지고 가야 하는 물품 중 하나였다. 한번 퍼즐 조각을 쥐면 다 맞출 때까지 꼼짝도 하지 않는 나와 도 때문에 외가 옆집에 살던 경준이 형은 이따금 우리의 퍼즐 조각을 숨기거나 똥통에 던져 버리기도 했다. 단순한 그 형의 성격상, 조각이 사라지면 우리의 퍼즐 맞추기가 끝날 거라고 예상했겠지만 어림도 없는 소리였다. 도 때문이었다. 녀석은 나보다 더한 퍼즐광이었다. 우유갑이나 상자 귀퉁이를 찢어 사라진 퍼즐 조각과 똑같이 만들어서라도 끝까지 맞췄다.

아무튼 작은 퍼즐 조각을 하나씩 맞출 때면 나는 빨리 어른이 되어 가고 있다는 확신을 품었다. 수십 조각에서 시작한 퍼즐이 수백, 수천 조각으로 늘어 가면서 나는, 진짜 제대로 된 어른이 되어 가는 기분이었다. 수많은 조각이 모여서 커다란 그림이 되어 가는 과정을 지켜보는 희열은 생각보다 컸다.

이제는 줄 위에서 희열을 찾았다. 슬랙라인 위에서 발을 뻗고 줄의 반동에 몸을 맡기고 흔들리는 줄 위에서 내 몸의 균형을 통제할 때면 나는 완전한 퍼즐판이 된 기분에 흥이 났다.

그러나 오늘은 진짜 별로다. 퍼즐판이고 뭐고 다 없다. 도의 어름사니 어른은 그냥 가만히 보고 있기에도 참 심란한 사람이었다. 오늘도 이 시골까지 버스를 몇 번이나 갈아타면서 왔더니 기껏 나에게 한다는 소리가 하도 기가 차서 혼났다.

"사람은 말이다, 줄을 잘 서야 인생이 순탄해."

어름사니 어른은 첫날 나를 보며 한 소리를 무한 반복하고 있는 중이다. 나는 어름사니 어른의 잔소리를 묵묵히 듣고만 있었다. 인생이라는 큰 판을 놓고 봤을 때 잔소리는 찰나에 불과했으며, 다 늙은 노인의 잔소리가 나에게 그 어떤 고통을 주거나 영향력을 행사할 리 없다고 간과한 까닭이었다. 물론 귀가 따갑고 순간순간 울컥하는 마음을 다잡아야만 하는 인내심이 결여된 인간이라면 어름사니 어른의 잔소리는 고역에 가까울 것이다. 그의 잔소리가 내게 고역으로 다가오는 순간, 나는 어름사니 어른이라는 정중한 존칭을 줄선생으로 바꿨다.

"인생 제대로 꼬인 놈들이 그렇게 타는 거다."

결국 내 인생이 제대로 꼬였다는 소리를 하고 싶은 거였다. 하지만 아무리 생각해도 내 인생이 크게 꼬였다는 생각은 들지 않았다. 아버지가 없는 것은 인생의 큰 불행 중 하나이긴 하지만, 아버지의 부재 때문에 하늘에다 대고 "아버지! 아버지 때문에 인생 제대로 꼬였어요." 했다가는 아버지가 하늘에서 마른벼락을 내릴지도 모를 일이었다.

그렇다면 내 줄 잘 타겠다고 남의 줄에 올랐으니, 그게 못마땅해서 괜한 소리를 하는 것일까. 만일 그런 이유에서 꼬인 인생 운운한 거라면 줄선생은 나잇값 못하는 늙은이에 불과했다. 슬랙라인의 원조가 무엇인지 굳이 알지 않아도 될 나다. 슬랙라인이 우리의 전통 줄타기에서 출발했다고는 하지만, 유럽 땅에 가서 슬랙라인 월드컵 우승 트로피를 들어 올리는 데는 대한민국 전통 줄타기를 마스터했냐 안 했냐 여부는 아무 상관도 없고, 가산점도 없다.

"하긴요, 안 꼬였으면 여기 오지도 않았겠지요."

욕을 먹을 때 먹더라도 내 할 말은 다 해야 안 죽지. 나는 신념을 안고서 줄선생한테 꼬박꼬박 말대답을 했다. 웃긴 일은, 무슨 오기에서인지 내 발이 내 머리를 이기고 자꾸만 줄선생 앞에서 줄 위에 서는 것이었다. 알 수 없는 사실은, 듣기 싫은 소리를 메들리로 풀어놓고서 줄선생 또한 내가 줄 위에 발을 올려놓는 것에 대해 아무 말도 안 한다는 것이었다. 한

번은 내 배가 꼬르륵거리자, 나에게 삶은 고구마 하나를 던져 주며 "처먹고 해라."라고 나름의 애정을 보여 주기도 했다.

하나, 두울, 으랏차!

박하 향이 바람을 타고 내 곁으로 흘러들었다. 공기의 결 틈틈이 나의 땀내와 줄선생의 박하 향이 뒤섞였다. 바람이 땀을 식히고 아침의 태양이 오후에 이르면 산 너머로 기울어 가듯, 내 몸은 주변 풍경 속에 녹아들고 그대로 날아오를 것처럼 가벼워졌다. 훈련은 나를 지치게 하지 않고 나를 점점 허공 속에 희석하는 듯했다. 하늘 높이 뛰어오르는 것이 내 숙명이기라도 한 것처럼 나는 최선을 다해 바닥을 찼다.

부웅! 몸이 허공에 뜨자, 육신에 깃든 영혼이 아직은 미성숙한 내 몸뚱이를 살살 달래서 우주 끝까지 밀어 올리려는 것이 느껴졌다. 그렇지만 다 자라지 못한 10대의 육신이라는 것이 얼마나 하찮은지, 그 짧은 찰나에도 확인할 수 있었다. 공중에 오래 머무르지 못하고 금세 줄 위로 떨어지는 몸뚱이를, 나는 또다시 달래어 일으켰다. 미숙한 육신을 넘어서는 것은 정신이다.

흔들리는 슬랙라인 위에서 단련한 덕분일까, 줄 위에서 균형 잡는 것이 완전 초보자는 아니어서 다행이었지만, 미세한 발놀림의 차이 때문에 고생했다. 일직선으로 발을 놓는 슬랙라인과 달리 크로스로 발을 놓는 전통 줄타기 방식 때문에 몸의 균형이 종종 무너졌다. 동아줄 위의 세상 역시, 너비 5센티미터 슬랙라인 위의 세상과 별다를 바 없었다. 줄 위의 세상은 아래에서 보는 것과 달리 만만치 않았다. 그나마 줄선생이 나를 무시한 덕분에 전통 줄타기처럼 지상 3~4미터 높이가 아니라 50센티미터 높이에서 전통 줄타기 동작을 연습시켰으니 망정이지, 3미터 높이였으면 비명횡사하기 딱이었다. 쉬워 보였던 종짓굽 붙이기 동작에서 계속 애를 먹었다. 두 손을 쭉 뻗고 줄 중앙에서 두 무릎 종짓굽을 줄에 붙이고 가로 앉는 동작은 온몸을 긴장으로 뻣뻣하게 만들었다. 내가 계속 허우적거리자, 보다 못한 줄선생이 손때 묻은 부채를 건네주려고 했다. 괜한 자존심에 줄선생이 내민 부채를 거부했다.

"야, 이놈아! 꼴에 자존심은 있는 거냐? 잡아. 내가 줄 위에서 부채질하라고 주는 줄 아냐? 들고 균형 잡으라고!"

나는 끝끝내 줄선생의 성의를 무시했다. 슬랙라이너로서 자존심을 세우고 싶었다. 이 정도의 흔들림에 굴하지 않는다!

슬랙라인에서는 동작을 줄의 탄성에 의해 재빨리 다음 동작으로 연결하기 때문에 균형이 약간 흐트러져도 공중으로 몸을 일으켜 다음을 도모할 수 있었다. 그러나 줄타기는 완벽한 균형이 이뤄지지 않으면 그대로 끝이었다. 떨어지고 떨어지고 쉼 없이 떨어지자, 줄선생이 혀를 찼다.

줄선생이 한 말 중에 내가 유일하게 잔소리가 아니라고 가슴에 새겨 둔 말이 있다.

"줄은 발로 타는 게 아니라, 심장으로 타는 거다."

펄떡거리는 심장이 맨 아래에 있는 발을 움직이고 썩어 빠진 혼을 뒤흔들어 한 번, 두 번, 세 번, 천 길 낭떠러지를 걷고 뛰게 만드는 것이다.

나는 혼을 뒤흔들어 깨우며 다시 한 번 힘차게 위로 솟구쳤다. 그러나 불쌍한 열여덟의 몸뚱이는 오늘 하루가 벅찼나 보다. 숨이 턱까지 차다 못해 헛구역질이 났고, 나는 줄 위에서 땅으로 떨어졌다. 낙법 동작에 문제가 있었는지 얼굴이 먼저 바닥에 닿았다.

"으아, 어떡해! 괜찮아?"

입 안으로 밀려든 모래와 바닥에 쓸린 얼굴의 쓰라림은 문제가 아니었다. 고꾸라지는 볼썽사나운 모습을 정지현에게 보였다는 것이 신경 쓰였다. 언제 왔는지, 내 모습을 지켜보고 있었던 모양이다. 얼른 흙을 털고 일어났지만 화끈거리는 얼굴은 쉽게 가라앉지 않았다. 정지현의 얼굴을 보자, 대문 앞에서 도와 함께 있던 장면이 떠올랐다. 괜찮냐고 묻는 그 애의 입술이 나를 보고 "허락받을 수 있을 거야."라고 속삭이는 것만 같았다.

"줄이라고 다 같은 줄인 줄 알았지? 고것참 쌤통이다!"

땅으로 떨어진 나에게 줄선생은 이렇게 말했다. 손에 쥔 부채로 방금 전까지 내가 의기양양하게 서 있던 줄을 탕탕, 내리쳤다. 마른 먼지가 햇살을 가로질렀다.

"난 그 무엇도, 그 누구도 믿지 않는다."

그럴 줄 알았다. 딱 그렇게 생겼으니까. 하회탈을 닮았다고
는 하지만, 닮은 것은 자글자글한 주름뿐인 줄선생에게 어느
누가 의지할까 싶다. 줄을 잘 서야 한다고 나에게 노상 말하
지만, 정작 자신은 줄 때문에 인생이 순탄치 않았으면서.

그러면서도 줄에서 평생 내려오지 않는 저 삶을 나는 어떻
게 바라보아야 하나. 위태위태하면서도 버텨 내니까 줄은 저
절로 타진다고 했다던가. 도가 나에게 줄선생에 대해 친절히
말해 줄 리 없었고, 정지현이 줄선생에 대해 많은 것을 알려
주었다.

"줄 위에서는 오로지 나뿐이야. 너도 그걸 알아야 해."

나도 줄 위에서 나뿐인 것을 안다. 가는 줄 위에 나 말고 또
다른 누군가의 몸무게를 덧붙인다는 생각은 꿈에도 하기 싫
다. 휘청거리는 줄이 내 무게 말고 동시에 누군가의 무게를
버텨 내야 한다는 것은 자살행위다.

"줄 위에서 넌 너무 많은 사람을 어깨에 태우고 있어."

헉! 진짜 무섭다. 줄선생, 아무래도 귀신까지 보는 게 틀림
없다. 괜한 마음에 어깨에 손이 갔다. 그 모습을 정지현에게
딱 들켰다. 그나마 다행이라면 도가 수학 올림피아드 준비하
느라 함께 오지 않은 점이다. 정지현이 또 야릇한 미소를 흘
렸다.

'제발 그만 보여 줘, 그 미소. 내가 착각해도 된다는 의미
냐?'

다시 작수목 근처로 다가가는데 줄선생이 부채로 내 등짝을 가격했다.

"아얏!"

"뭘 또 올라가냐? 또 올라갔다간 별 볼일 없는 면상, 다 날아간다."

도의 얼굴만 봐서 눈이 높아지셨나, 내 얼굴보고 별 볼일 없다니! 대한민국 평균 이상인 인물을 두고서 이런 악담을 저토록 아무렇지 않게 건넬 수는 없는 법이다.

"네놈 실력은 알 만하니, 작수목 조율하는 것부터 차근차근 봐라."

"어르신! 그럴 시간이 없어요. 여름에는 슬랙라인 월드컵에 나가야 한다니까요!"

대꾸도 않고 횡하니 가 버리는 줄선생의 태도에 답답해 미칠 것 같았다. 그나마 연습하러 오기 전에 전통 줄타기에 관한 책이라도 봤으니 줄 위에 발이라도 올릴 수 있었지, 안 그랬으면 또 지난번처럼 땅바닥에 금 그어 놓고 줄 타는 시늉만 종일 하다가 끝낼 뻔했다. 이제 자다가도 누가 전통 줄타기에 관해 질문하면 잠꼬대로도 정확하게 대답할 수 있을 정도다.

동서양의 줄타기 가운데 연희성이 가장 뛰어난 우리의 전통 줄타기를 익히려면 교예, 소리, 재담, 춤에 이르기까지 완전히 일가(一家)를 이루어야 한다……. 난생처음 듣는 소리였다. 줄 타는 데는 균형 감각이 으뜸이지, 교예는 뭐고 소리는 뭐란 말인가. 특히 재담 부분에서 나는 대놓고 비웃었다. 솔직히 과묵하기 짝이 없는 도에게 재담은 그야말로 넘을 수 없는 벽이었다. 그러고 보니 지현이가 도에게 가져다준 책이 재담집이었나 싶기도 했다.

우리나라의 줄타기는 크게 두 종류로 나뉜다. 하나는 대령 광대(待令廣大) 계열의 '광대 줄타기'고, 다른 하나는 유랑 예인(流浪藝人) 계열의 일명 '얼음'이라고 불리는 '뜬광대 줄타기'다. 중요 무형 문화재 제58호로 지정되어 있는 줄타기는 '광대 줄타기'다. 놀랍게도 하회탈 얼굴을 한, 욕쟁이 줄선생이 광대 줄타기 예능 보유자였다. 책 한 귀퉁이에서 줄선생의 젊은 시절 모습을 발견하고서 얼마나 놀랐는지 모른다. 혹시 시력에 문제가 생겨 잘못 본 줄 알고 안구 건조증 약을 반 통이나 썼다. 줄 위에서 욕 한 번 하는 모습도 못 봤는데 예능 보유자라니!

더욱 놀라운 사실은 정지현의 입을 통해서 나왔다.

"어름사니 어르신, 재담과 교예, 소리를 섭렵한 줄꾼이셔. 그냥 대충 비슷하게 하는 정도가 아니라, 어르신의 서도 소리는 무형 문화재로 지정됐어."

"서도 소리? 그게 뭔데?"

머릿속에서는 개 짖는 소리와 욕설을 퍼붓는 줄선생의 모습만 떠올랐다. 황해도와 평안도 지방의 민요나 잡가를 부르는 줄선생의 모습은 도무지 상상할 수 없는 먼 외계의 것이었다.

"도가 타는 줄이 판줄이라는 걸 보면 알 수 있어. 판줄은 재담과 소리를 곁들여 어릿광대랑 함께 극적으로 진행해야 하는 거거든."

정지현 앞에서 나의 무식함을 알리지 않는 것은 충무공께서 적에게 자신의 죽음을 알리지 말라고 한 것과 일맥상통하지만, 결국엔 무슨 소리냐고 물을 수밖에 없는 처지였다. 광대 줄타기 계승자인 줄선생이나 도는 삼현 육각에 맞춰 줄을 타는 셈이었다.

'앗싸, 땡 잡았고!'

캄캄하고 암담했던 머릿속에 최신형 LED 전등이 번쩍 켜지는 순간이었다. 동서양을 막론하고 줄타기의 아슬아슬한 맛을 즐기려고 관객은 환호성을 내지른다. 그런데 서양 줄타기는 곡예만 보이고 그것으로 끝이다. 하지만 소리를 하며 흥을 돋우는 도의 줄타기, 줄선생의 줄타기는 그야말로 천하무적이었다.

나는 손 사부에게 전화를 걸었다. 배터리가 다 닳은 탓에 정지현에게 휴대전화를 빌렸다.

"사부! 형! 우리, 우승이야!"

"줄에서 떨어졌냐?"고 묻는 손 사부의 목소리가 들려왔다. 투시력이라도 있나 보다.

"나, 줄 위에서 춤추고 쇼를 할 거니까."

우리의 전통 줄타기는 악(樂), 가(歌), 무(舞)를 곁들인 교예라고 했다. 교예는 곧 연극성이 뛰어날 수 있음을 뜻했다. 나는 무대가 아닌 라인 위에서 한 편의 기막힌 연극을 펼칠 생각이다.

엄마가 평소 귀에 딱지가 앉도록 했던 말, "책 한 자를 보더라도 응용력이 있어야 제대로 된 지식이다." 거짓말이 아니었다. 우리 백발 마녀는 극구 부인하겠지만, 난 엄마의 좋은 두뇌를 물려받은 게 분명했다.

# 봉황의 역습

옥탑방 손 사부의 집은 장난감 같았다. 손바닥만 한 단칸방에 엉덩이를 붙이고 앉아 떠들어 대는 맛이 제법이다. 집 안은 기름 냄새로 가득하다. 기름기가 온 옥탑방에 잔뜩 배어 버렸다.

"그냥 통닭을 시켜 먹지, 왜 남의 집에서 튀기고 야단이냐?"

투덜대는 손 사부의 입에 행주를 던졌다. 그러나 라인 위에서 다져진 민첩성은 여기서도 빛났다. 행주를 손으로 잡아 버린 손 사부의 행동에 나는 아낌없이 박수를 보내 주었다.

"이게 다, 손 사부 뼈 빨리 붙으라고 하는 제자의 깊은 마음! 그것도 모르다니."

사실, 닭이 먹고 싶었다. 개성이라곤 전혀 없는 그렇고 그런 프랜차이즈 통닭 말고 제대로 튀긴 닭이 당겼다. 외가의 시골

장날에 가면 커다란 솥에 넣고 튀기는 닭. 누런 종이봉투에 엎드려 있는 닭의 포즈는 조각낸 프랜차이즈 닭의 잔해와는 또 다른 감회까지 불러일으키는 것이었다. 뭐랄까? 닭에 대한 제대로 된 예의라고나 할까.

"남의 집에서 닭을 튀기고 있는 저는 뭡니까?"

독고용이 기름 냄비에 닭 날개를 넣으며 물었다. 손 사부의 얼굴에 겸연쩍은 미소가 흘렀다.

"친구, 이름이 뭐라고 했지?"

"독고용이오."

두 사람은 초면이었다. 용용은 맛난 요리 먹여 준다는 내 말에 속아서 제 손으로 닭을 튀기게 되었다. 그것도 처음 만난 손 사부의 집에서 말이다. 내가 아니면 이렇게 흥미로운 만남을 대한민국에서 그 누가 주선한단 말인가!

"독고 친구는 어쩌다가 재랑 친구가 됐니?"

"딱히 친구라고 생각한 적은 없는데……. 이율, 쟤가 날 안 무서워해서요."

반소매 차림의 독고 팔에 드러난 문신을 보고 사람들은 위압감을 느낀다. 하지만 나는 독고의 몸에 가득한 문신을 독고만의 패션 센스라고 생각하니까 상관없다.

"야, 용용. 너, 내가 슬랙라인 세계 대회 준비하니까 특별히 나에게 영양식을 제공할 수 있는 기회를 준 거야. 머리를 땅에 찧으면서 고맙다고 절해야 한다구."

"왜? 월드콘인지 월드컵인지가 나랑 무슨 상관인데?"

슬랙라인 대회를 두고 월드콘이라고 헛소리를 한 대목에서 손 사부는 살짝 인상을 썼다. 그래도 용용을 향한 측은한 시선은 변함이 없었다.

"너, 세계 대회 우승자에게 닭 튀겨 주는 기회가 쉽게 오는 줄 아냐? 친구니까 그런 영광의 자리를 이렇게 미리 만들어 준 거라고."

용용은 튀김용 젓가락을 나에게 던질 기세였다. 그나마 초면인 손 사부의 집이라 꾹 참는다는 듯 눈썹을 씰룩댔다. 그러더니 어금니를 꽉 물고 말했다.

"그래. 머리를 땅에 찧으면서 고맙다고 절이라도 할게, 우승하면."

손 사부는 슬랙라인 세계 대회 우승도 좋지만, 용용에게 자신의 머리를 소중히 생각하라는 가르침을 줬다. 웃는 법이 없는 용용이 어쩐 일인지 푸핫, 소리까지 내며 웃어 버렸다.

기름에 갓 튀긴 닭은 바삭하고 고소했다. 어울리지 않게 요리를 한다기에 한껏 비웃어 줬는데 진짜 고수였다. 굵은 팔뚝은 싸움질에나 유용하겠다고 생각했는데, 생닭을 튀겨 내는 용용의 손길은 나긋나긋하기 짝이 없었다.

"고마워. 잘 먹을게."

친구 사이에서는 고맙다는 인사 같은 거 하지 않는 법이라고 한마디 하려고 했더니, 그새를 못 참고 손 사부가 정중하게 감사 인사를 날렸다. 불 앞에서 닭과 씨름한 탓인지 용용의 얼굴은 땀범벅이었다.

드디어 완성된 가정식 닭튀김 앞에서 내가 프라이드 반, 양념 반을 요구하기 전에 손 사부가 물었다.

"슬랙라인 위에서 무슨 연극을 어떻게 할 건데?"

"안 그래도 내가 율, 애한테 그 소리 듣는 순간 '아, 이 자식이 미쳤구나.' 했어요. 우승하겠다는 놈이 무슨 발 연기를 하려고?"

용용이 닭 날개를 물어뜯었다. 독고용의 입에 물린 닭 날개가 나 같았다.

"야! 아무것도 모르면 가만있어. 슬랙라인에 전통 줄타기를 합체하는 거야. 일종의 콜라보라구. 손 사부, 어때요? 콜라보레이션! 요즘 이게 대세잖아요. 무조건 줄 위에서 방방 뛰는 것보다 뭔가 스토리텔링이 있으면 좋지 않을까?"

세상은 넓다. 인종은 다양하다. 고로 다양한 문화는 당연하다. 그러나 사람들은 그 다양한 문화의 맛에 늘 굶주려 있다. 백발 마녀와 우리 아버지가 세계의 다큐멘터리를 늘 넋 놓고 보던 모습만 봐도 알 수 있다.

"전통 줄타기에서 하는 것처럼 슬랙라인 공연 때도 삼현 육각을 곁들이는 거죠. 색다르겠죠? 동서양의 만남, 동양과 서양의 화끈한 소개팅!"

내가 말했지만, 내 어깨가 자꾸만 으쓱거린다. 묵묵히 닭 가슴살을 씹던 독고용이 처음으로 입을 뗐다.

"나, 꽹과리 잘 쳐."

"뭐어?"

입은 내가 먼저 벌린 것 같았는데 "뭐어?"라고 소리친 사람은 손 사부였다. 손 사부가 용용의 드러난 팔뚝과 손을 쓰윽 훔쳐보았다. 손 사부도 놀랄 때가 있다니, 놀랍다.

"치킨 맛은 어때?"

아무렇지 않게 독고가 우리에게 물었다.

"놀라워."

갑자기 닭이 된 기분이었다. 언제나 다정하게 모이를 주던 포커페이스 주인이 사실은 나를 잡아먹을 살인귀라는 사실을 알게 된 닭.

"뭔가 제대로 꾸려야 할 거야, 이율. 어설프게 하는 건 전통 줄타기를 모욕하는 거니까."

손 사부가 닭 다리를 잡았다. 나도 닭 다리를 잡았다. 두 개의 닭 다리를 마주 들고 앉아서 줄타기의 균형에 대해 생각했다. 전통 줄타기와 슬랙라인 사이에서 나는 최상의 이야기를 만들어 내야 한다.

'어떻게, 어떤 방식으로 만들지?'

갑자기 손 사부가 든 닭 다리가 왼쪽 다리인지 오른쪽 다리인지 궁금했다. 설마, 우리 둘이 각자 하나씩 들고 있는데 둘 다 왼쪽 다리는 아니겠지?

"뭐가 되었든 고리타분한 옛날얘기는 사절이야. 괜히 서양 애들한테 '우리 것이 마냥 좋은 것이여~'라는 식으로 우겨다 짐으로 어필하는 건 매력 떨어져. 진부하다고."

우리는 머리를 맞대고 이런저런 궁리를 했다. 줄과 줄의 만남, 동양과 서양의 만남, 전통과 현대의 만남, 그 안에서 나는 도와 나를 생각했다. 음악은 매번 쓰는 강한 비트의 테크노나 팝보다 우리 사물놀이를 재구성해 보는 것이 어떨까 싶었다. 하지만 독고용에게 꽹과리를 부탁하지는 않겠노라 선언했다. 독고용은 자신의 꽹과리 연주를 못 들어서 무시하는 거라며 손 사부와 나에게 "당신들은 우승권에서 멀어졌어."라고 으름장을 놓았다.

손 사부가 냉장고를 뒤져 먹다 남은 피클을 꺼내 놓았다. 피자를 시켜 먹고 남은 것을 버리지 않나 보다. 그 옆에 깍두기도 곁들여 놓았다. 반듯하게 깍둑썰기를 한 무가 먹음직스러워 보였다. 피클은 상큼했고 깍두기는 뒷맛이 깔끔하면서 감칠맛이 그만이었다.


깁스를 푼 손 사부가 줄타기 공연장으로 줄선생을 찾아왔다. 가는 날이 장날이라고, 특별 공연이 있는 날이었다. 공연 장은 줄을 매기 위해 말뚝을 박고 작수목을 조율하는 진행 요원들로 분주했다. 작수목을 세우는 데는 나도 한몫했다. 줄 조율을 맡은 아저씨는 벌써 몇십 분째 줄과 씨름 중이다. 슬랙라인은 설치하기가 간편하고 쉬운데, 전통 줄은 한 번 세우려면 여러 명이 죽어 나갈 지경이다.

"정신을 어디다 갖다 팔아먹은 게냐?"

작수목을 붙들고 있던 내가 휘청거리자 줄선생이 나를 호되게 꾸짖었다. 그러나 나는 집중할 수가 없었다. 도가 줄선생에게 부탁하는 것을 듣고 만 까닭이었다.

"제발 허락해 주세요. 부탁드립니다, 선생님."

도가 깍듯이 절을 했지만 줄선생은 묵묵부답이었다. 그러자 도 곁에서 잠자코 있던 정지현이 줄선생에게 매달렸다.

"할아버지, 나쁜 일도 아니잖아요. 허락해 주세요, 네에?"

그들의 행동에 나는 말을 잃고 말았다. 나쁜 일이 아니라니! 본격적인 교제를 허락받으려는 것이 분명했다. 나는 마음속으로 '안 돼!'를 외쳤다. 나도 기회를 얻고 싶었다. 정지현에게 최소한 내 마음을 보이기라도 해 봐야 하지 않을까. 이 복잡하고 혼란스러운 문제에 줄선생은 한숨 한 번 내쉬더니 간단히 대답했다.

"이도. 네가 준비하고 있는 것들을 잘 성공시키면 내가 생각해 보마."

줄선생은 도에게 반허락을 했다. 나는 줄선생의 속을 알 수가 없었다. 꼰대의 상징인 줄선생이 도와 정지현을 허락하다니! 줄선생이 허락하고 난 다음은 우리 집 백발 마녀일 텐데……. 그렇게 되면 나는 완전히 꽝이 되는 것이다.

"단단히 잡아당겨!"

줄선생이 내 손 위로 자신의 손을 겹쳐 잡았다. 굳은살이 단단히 박인 거친 손은 의외로 뜨거웠고 힘이 넘쳐흘렀다.

줄을 맨 뒤 수평 점검은 줄선생이 직접 나섰다. 작수목을 붙들고 서서 줄을 바라보는 눈빛이 맹수와 다를 바 없어 보였다. 맹수보다 더하면 더했지, 덜하지 않은 눈빛이었다. 그런데 어쩐 일인지 줄선생의 매서운 그 눈빛이 반가웠다. 점검이 끝나자 도는 줄 위로 올라갔다. 몇 번이고 줄을 확인하는 도의 모습도 감동적으로 다가왔다. 하긴 피는 물보다 진하다는데, 도는 내 하나밖에 없는 형제가 아니던가!

"준비는 다 되었는가?"

줄선생이 공연장으로 나왔다. 후줄근하던 평소와 달리 새하얀 장삼 차림이 사람을 달라 보이게 만들었다. 어깨를 가로지른 붉은 띠가 두드러졌다.

"선생님, 안녕하십니까? 일전에 인사드린 손지혁입니다."

손 사부는 머리가 바닥에 닿을 듯이 몸을 잔뜩 낮췄다. 줄선생은 힐끗 손 사부를 보더니 지나가는 말로 한마디 툭 내던졌다.

"자네도 고생길이 훤하이."

"이런 고생은 언제든 환영입니다. 잘 보고 잘 배우고 가겠습니다, 선생님."

손 사부가 허공을 가로지르는 줄에 시선을 주고는 씩 웃었다. 줄선생은 코웃음을 치더니 손때 잔뜩 묻은 부채로 손 사부의 어깨를 툭툭 쳤다. 위로인지 격려인지, 그것도 아니면 긴 말하기 전에 눈앞에서 사라지라는 의미인지 알기 어려운 묘한 제스처였다.

"이놈이나 저놈이나 다들 땅바닥에 발 붙일 생각 않고 공중에서 허우적거리니, 참!"

처음으로 줄선생이 하회탈로 변하는 모습을 보았다. 정오의 태양 아래 환하게 웃는 모습이라니!

햇발로 얼룩진 어름사니 어른은 더욱 거대하고 무한해 보였다. 공연장으로 들어서는 그의 걸음걸이는 어느 때보다 활기찼다. 휘적휘적 걷는 걸음새는 당장에라도 승천하려는 용과 같았고, 관객을 향해 짓는 웃음은 주름진 얼굴을 더욱 정겹게 만들었다. 신기한 광경이었다. 삼현 육각의 음률에 관객들은 들썩이기 시작했고, 입만 열면 욕이 튀어나오던 줄선생은 오늘의 관객들이 오랜 지기라도 되는 듯 정겹게 인사를 건넸다.

본격적인 줄타기 공연 전, 고사가 치러졌다. 작은 상 위에 과일과 떡, 탁주, 환하게 웃는 돼지머리, 그리고 줄선생의 오랜 부채가 올라갔다. 평생 무릎 꿇을 일이 없을 것 같은 줄선생이 무릎을 꿇고 앉아 가슴 앞에 두 손을 가지런히 모은 채 빌고 있었다.

"오늘 공연 자알되게 해 주십사. 그리하여 내 궁둥짝을 바닥에 내동댕이치는 일 없게 해 주십시오."

줄선생의 말에 사람들이 웃었다. 흥거운 고사였다. 탁주를 작수목 아래에 뿌리는 손길이 정성스러웠다. 단단하게 세운 작수목에 탁주가 스며들었다. 작수목이 하늘로 점점 자라나는 기분이었다. 고사상 위에 놓였던 과일을 구경 온 어린 친구들에게 나눠 주는 줄선생의 얼굴에는 부드러운 곡선이 가득했다.

줄 위에 오른 어름사니 어른은 여유롭고 경건했으며 유쾌했다. 바람에 장삼 자락이 펄럭였다. 공연이 시작되었다. 줄선생의 첫발은 나를 울컥하게 만들었다. 그토록 단단한 첫발은 본 적이 없다는 생각이 갑자기 밀려들었다. 새하얀 버선발, 하늘을 향해 솟구친 버선발을 보고 있자니, "공중에서 허우적거리는 삶이라니!" 하고 그가 툭 내뱉었던 말이 서러움으로 다가왔다.

정지현은 연주자들과 어깨를 나란히 하고 피리를 연주하고 있었다. 나는 피리를 부는 정지현의 야무진 입매에 가슴이 울렁거렸다. 슬랙라인 대회에 필요한 삼현 육각 녹음을 핑계로 정지현과 좀 더 가까워질 수 있을지 모른다고 생각하니 가슴이 떨렸다.

"신이다, 저분은."

곁에 서서 구경하고 있던 손 사부가 내 귓가에 속삭였다. 순간, 관객들의 환호성이 공연장을 에워쌌다. 장삼을 벗어 던진 어름사니 어른이 부채를 펴 들고 허공잽이 동작을 선보였다. 하늘로 치솟아오르는 그는, 살아 있는 신이었다. 어름사니 어른의 발은 땅을 디딘 적이 없는 사람의 발 같았다. 버선코는 더 높은 허공을 향해 날았다.

운동화 속에 갇혀 있는 내 발이 움찔거렸다. 달리고 싶고 바닥을 구르고 싶고 나 또한 공중으로 치솟고 싶었다. 멀찌감치 떨어져서 공연을 살피고 있는 도의 얼굴이 보였다. 늘 무표정한 얼굴의 도가 달라져 있었다. 항상 침착하게 가라앉아 있던 도의 눈동자에 뜨거운 불이 들어 있었다. 줄 위에서 어름사니 어른이 동작을 하나하나 이루어 갈 때마다 땅을 딛고 선 도의 몸이 미세하게 움직였다. 스승이 부채를 접으면 도의 손도 아래로, 스승이 줄 위에 누우면 도 역시 몸을 뒤로 움직였다. 나는 녀석의 마음을 충분히 읽어 낼 수 있었다. 우리는 형제였다.

"이거는 뭔고 하니 책상다리렷다!"

어름사니 어른이 책상다리를 하고 줄 위에 앉았다. 3센티미터 폭의 줄 위가 그에게는 넓은 평상이나 다름없어 보였다. 머리 위의 평상에서 어름사니 어른이 아래를 내려다보았다.

나와 어름사니 어른의 시선이 얽혔다. 갑자기 당혹스러웠다. 어름사니 어른의 눈빛은 나에게 말을 걸고 있었다. 하지만 나는 읽어 낼 수조차 없었다. 슬랙라인 위에서 나는 언제나 흥겹고 정신없이 바빴다. 튕기고 다음 동작, 또다시 박차고 다음 동작, 쉼표가 없는 동작의 연속이었다. 그러나 전통 줄타기는 달랐다. 가만히 앉아서 아래를 내려다보고 관객과 눈길을 나눈다. 웃음을 건네고 받는다.

"손 사부, 우리는…… 우리는 그동안 우리만 즐거운 줄타기를 했나 봐."

연주 소리가 흥거워졌다. 어름사니 어른의 빠른 발놀림에 사람들은 함께 가슴을 쥐었고 박수를 쳤다. 그의 표정은 가히 예술이었다.

'탤런트나 하지 줄 위에서 위태롭게 뭐 하나?'

어름사니 어른의 표정을 읽어 낸 나는 제자리에서 펄쩍 뛰어올랐다. 주위에 있던 사람들이 잠깐 나를 돌아봤다. 손 사부는 무슨 일이냐는 듯 쳐다보았다.

"난 광대가 될 거야! 슬랙라인계의 라이브 쇼, 기대하라구."

살아갈 날보다 살아온 날이 더 많은 늙은 어름사니의 동작에 몇몇 노인 구경꾼들은 눈시울을 붉혔다. 더러 몇몇은 눈물이 줄줄 흐르는 줄도 모르고 줄 위의 늙은 어름사니를 향해 아낌없는 박수를 보내고 있었다. 오른손 부채를 왼손으로 옮겨 쥐고 줄 위에서 왼발을 딛고 오른손으로 재빨리 줄을 잡은 다음 왼손의 부채를 좌측으로 뻗쳐 들면서 바른발을 뒤로 내뻗는 깃발 붙이기 동작은 내 두 눈을 현혹했다. 움직임 하나하나가 참 좋았다.

공연이 끝나 간다. 작수목을 붙잡고서 어름사니 어른이 관객들에게 소리쳤다.

"죽을 판이 살판이 되었습니다. 구경 끝나고 댁으로 돌아가

서서도 내내 만수무강하시기를 빕니다!"

천 길 낭떠러지 앞에서 함박웃음을 흘리며 내가 아닌 타인의 만수무강을 비는 아이러니가 그 어떤 것보다 진실되게 다가왔다.

땅 위로, 줄 위의 신선이 내려선다. 공연을 마친 스승을 향해 도가 고개 숙여 예를 다한 뒤, 다시 무심한 얼굴로 돌아왔다. 악기를 정리하는 정지현을 향해 어름사니 어른이 아주 잠깐 눈길을 주었다. 아련하고 간절함이 묻어나는 눈길이었다. '뭐지?' 하는 순간, 박하 향이 느껴졌다.

"뭘 봤냐?"

무슨 대답이든 어름사니 어른을 웃게 만들 자신감이 생긴 이유는 뭘까. 땅을 딛고 선 그의 발이 나무뿌리처럼 깊고 단단하다고, 나 역시 그런 발을 갖고 나만의 줄 위에 서겠다고 결심했다.

"인생 제대로 꼬인 광대를 봤습니다."

어름사니 어른이 부채를 펼쳐 들었다. 커다란 부채에 먹으로 그린 봉황 한 마리가 인상적이었다. 줄 위에서 날던 봉황의 모습이 눈앞에서 사라지지 않았다.

"눈깔은 제대로 달렸구나."

어름사니 어른은 나에게 등을 보일 때까지 부채를 접지 않았다. 얼굴의 반을 가린 부채를 보며 나는 낄낄대고 웃었다. 손 사부가 옆구리를 찌르며 '무슨 버르장머리?' 하는 눈치를 줬지만 아랑곳하지 않았다. 어름사니 어른의 말대로 내 눈이 제대로 달렸다면, 그는 분명 웃음을 흘리고 있었으리라.

  태양은 어디에서 뜨고 어디로 지는가. 어부에게 태양은 바다에서 뜨고 바다 너머로 진다. 나에게 태양은 줄에서 떠오르고 줄에서 진다. 그 위태로운 일상이 짜릿한 오늘이다. 어름사니 어른의 태양도 나의 태양과 똑같이 뜨고 질 것이라는 확신이 든다.

# 한밤의 아르바이트

"옷을 다 벗을 필요는 없어."

하룻밤의 대가치고 30만 원이면 나쁘지 않았다. 이 한 몸 불살라서 독일로 날아갈 수만 있다면 뭔들 못 하랴 싶었지만, 사실 나는 피 보는 게 가장 끔찍했다.

슬랙라인 월드컵까지 앞으로 석 달이 채 남지 않았다. 점점 다가오는 슬랙라인 월드컵 대회에 참가하려면 참가비를 마련해야 했다. 다급한 마음은 의무 사항이었고 대회가 열리는 독일까지 날아가는 비용은 필수였다. 통장을 펼쳐 봤더니 암담했다. K-1 격투기에서 라운드에 올라가기도 전에 기권패를 인정해야만 하는 선수의 심정이랄까.

백발 마녀는 도와 내가 초등학교에 입학하자마자 우리에게 각자의 이름이 박힌 통장을 만들어 주었다. 알아서 돈을 관리해 보라는 의도였지만, 예나 지금이나 나는 돈 관리라는 것의 중요성을 모르는 인간이었다. 남아나는 돈이 있어야 통장에 넣든지 하지. 수중에 돈이란 돈은 씨가 마른 지 오래였다. 가불에 가불이 불가피한 청춘이었다. 지금부터 용돈을 모은다고 해도 비행기 푯값도 턱없이 모자란다. 뗏목을 만들어 유럽 대륙을 밟는다고 가정해도 뗏목 재료비조차 어림없는 일이다. 더군다나 주다인의 방정맞은 입 때문에 용돈이 끊긴 지 한참 되었다. 최후의 수단을 쓰는 수밖에 없었다.

> 용용, 이런 식이라면 아무래도 곧 재벌이 될 거 같아.

나는 독고용에게 허풍 가득한 문자 메시지를 보냈다. 독일행 비행기 표를 위해 나는 대한민국 청소년이 띌 수 있는 아르바이트란 아르바이트는 모조리 섭렵할 자세가 되어 있었다. 어쩌면 훗날, 아르바이트의 신으로 불릴 수도 있을 것이다.

> 엄마 곧 집에 오실 거야. 어디서 엉뚱한 짓 하는 건 아니겠지?

도가 톡을 보내왔다.

나는 요즘 도에게 삐쳐 있었다. 줄선생과의 거래를 성공적으로 끝낸 도는 자기 목적을 이루었다. 그런데 그 거래 내용이 내가 상상하던 것과는 영 다른 것이어서 당혹스러웠다. 자웅 동체와 도는 자신들의 진짜 부탁을 드러내지 않았다. 도가 공연장에서 줄선생에게 허락해 달라고 한 것은 보육원의 어린 친구들이 줄타기를 체험할 수 있도록 도와달라는 것이었다.

주말에 자웅 동체와 도가 한 무리의 초등학생들을 줄타기 공연장으로 데려왔다. 줄선생은 엄한 얼굴로 전통 줄타기에 대해 설명도 해 주고 모래판 위에 줄을 설치해서 아이들이 줄을 타 볼 수 있게 살폈다. 두 팔을 벌리고 줄 위에서 떨어지지 않으려고 안간힘을 쓰는 아이들의 모습은 벼랑 위를 걷는 사람보다 더 절실해 보였다.

도는 그동안 자율 학습을 땡땡이치면서 보육원 아이들과 함께 시간을 보냈다. 아이들 앞에서 자신의 줄타기 실력도 뽐내면서 말이다. 그런데 하고많은 것 중에 왜 하필이면 줄타기였을까. 도라면 아이들에게 수학이나 영어 과외를 해 줘도 나쁘지 않았을 텐데, 녀석은 아이들과 함께 쓰러지고 뒹굴면서 줄을 탔다. 그런 도의 옆자리에 자웅 동체가 함께 있었다. 나는 어쩐지 도의 곁에서 한참 밀려난 기분에 언짢을 뿐이었다. 도 역시 바보가 아닌 이상 자기와 나 사이에 생긴 이상 기류를 감지했을 것이다.

계속 어디냐고 묻는 톡을 더는 무시할 수가 없어서 나는 도에게 선의의 거짓말을 부탁했다. 수학여행 선발대에 뽑혀서 1박 2일로 수학여행지에 답사 갔다고 둘러대면 어떻겠느냐고 내 의견을 피력했다. 10여 분이 지난 뒤 도에게서 톡이 왔다.

> 외박은 절대 불가야.

정말이다. 우리 집에서 꼭 지켜야 할 철칙이 하나 있다면 그것은 '외박'에 관한 것인데, 백발 마녀는 잠은 꼭 집에서 자야 한다는 신념의 소유자였다. 특히 도와 내가 사춘기에 접어들면서 다른 건 다 알아서 하라고 허락했지만, 외박만큼은 절대 안 된다는 게 엄마의 원칙이었다.

"엄마, 뭘 상상하는지 대충 알겠는데, 나쁜 짓을 하려면 밤낮 구분 없어요. 특히 나처럼 건강한 남자애들은 더욱 밤낮 없다구."라고 했다가 나는 한동안 지옥 속에서 살아야 했다. 틀린 말은 아니라고 아버지가 내 편을 들자, 결국 내 피는 아버지의 전적인 책임이라는 결론까지 내려졌다.

임상 실험 약품 아르바이트는 급전이 필요한 나에게 최상의 일거리였다. 의료원 아르바이트는 돈이 급한 건강한 10대에게 최고의 자리다. 간단한 신체검사를 마치고 지정된 장소에서 하룻밤을 지낸 뒤 각종 검사를 받기만 하면 30만 원이 수중에 떨어진다. 난 그저 건강한 몸만 제공하면 되는 셈이다. 게다가 불치병을 앓고 있는 사람들을 돕는 일이기도 했다.

일이 진행되는 과정을 한 시간 정도 들었다. 지루해질 무렵 팀장으로 보이는 남자가 10대는 손을 들어 보라고 했다. 그러더니 무리에게 부모님 동의서를 받아 왔는지 물었다. 나는 애써 고개를 돌리고 외면했다.

"넌 고등학생 아니야?"

딱 걸렸다. 그렇게 동안으로 보이진 않았을 텐데……. 나는 깜빡 잊고 왔다고, 형이 곧 부모님 동의서를 갖고 여기로 올 거라고 거짓말을 했다. 팀장이라는 사내는 못 믿는 눈치였지만, 일단은 알겠다고 했다.

실험에 들어가기 전에 피를 뽑아야 한다는 게 꺼림칙했지만 비행기 표가 나를 기다리고 있었다.

"아아! 살살 찔러 줘요."

그러나 주삿바늘이 내 피부를 뚫고 들어가기도 전에 나는 귀가 뽑힐 지경이었다. 엄마였다. 도와 휴대전화로 톡을 나눈지 얼마나 됐다고, 엄마는 정말 귀신처럼 내 앞에 나타났다.

"미친 새끼."

낮게 읊조리는 엄마의 목소리가 소름 끼쳤다. 그야말로 급습의 귀재였다. 내 귀를 잡아당긴 엄마는 나를 자리에서 일으켜 세웠다. 감정 하나 드러나지 않은 얼굴을 하고는 정확히 이 방의 책임자를 집어냈다.

팀장 사내에게 엄마는 차분한 음색으로 따졌다.

"부모 동의서도 없이 미성년자한테 이런 일 시킵니까? 이 나라가 이런 곳입니까? 난, 아니라고 보는데요."

사색이 된 팀장 사내가 엄마에게 연신 사과를 해 댔다. 나한 명으로도 모자라, 엄마는 내 또래 아이들까지 챙겨서 건물 밖으로 나왔다. 부모 동의서를 받아 온 남자애까지 얼결에 우리 뒤를 따라 나왔다. 항변하려고 입을 연 내 등짝을 엄마는 매섭게 후려쳤다. 독일행 비행기 표는 구경도 못 하고 논스톱으로 그냥 하늘나라에 가게 생겼다.

집으로 돌아가는 차 안에서 엄마는 한 마디도 하지 않았다. 엄마의 거친 숨소리가 좁은 차 안에 가득 찼다. 열 시트를 작동하지 않았는데도 앉은 자리가 뜨끈했다. 엄마의 분노 때문이었다. 엄마는 체내에 분노 조절 장치가 장착된 사람처럼 숨을 몰아쉬며 화를 삭이고 있었다.

"얼마 받는 거야, 그 알바?"

"삼십."

"이번은 그냥 넘어간다. 누구나 한 번쯤 실수는 하는 법이니까."

"고마워, 엄마."

내 손에는 직원이 주고 간 서류가 들려 있었다. 집으로 돌아가면 비고란에 '뜻하지 않은 사고가 발생할 경우, 그 어떤 의약품도 생명을 장담할 수 없음'이라고 적어야겠다. 시계를 보니 동이 틀 시각이 다가오고 있었다. 하루를 못 참아 30만 원을 고스란히 날리게 생겼다.

도는 팔짱을 끼고 앉아 동영상을 보고 있었다. 수학 문제

풀이 동영상이었다. 도는 세상은 넓고 동영상은 많다, 라는 것을 모르는 사람처럼 한결같이 수학 문제 풀이 동영상을 즐겨 시청했다.

"같은 줄타기 동지로서 말하는데……."

눈으로 삼각 함수를 풀고 있던 도가 함수 대신 나를 풀 기세로 빤히 쳐다봤다. 참으로 사람을 곤란하게 만드는 눈빛이다. 미동조차 하지 않고 책상 앞에 앉아 고개만 65도 돌린 모양새를 보아 하니, 나를 삼각 함수의 관계식만도 못한 존재로여기고 있는 모양이다.

"그리고 우린 형제잖아."

"난 형제하고도 돈 거래는 안 해."

도는 워낙 바른길을 걷는 녀석이라 이자 놀이에 흥미가 없었다. 돈만 빌려주면 이자까지 쳐서 갚겠다고 했지만, 녀석에게는 턱없는 소리였다. 형제라는 우리의 관계가 이 정도라니……. 괜히 섭섭했다.

"다른 것도 아니고 대회 참가비 때문에 그러잖냐. 사정 좀봐줘."

"그래서 더욱 안 돼. 네 목표잖아. 네가 이루고 싶은 도전이면 기회도 네 힘으로 만드는 게 정상 아냐?"

도의 기준에서 봤을 때 난 비정상이었다. 나랑 같은 날 태어난 녀석치고는 너무 올드한 멘트였다. 그렇지만 틀린 구석이 없어서 내가 할 수 있는 반박이라고는 고작해야 "에이,

씨!"가 다였다.

"열정의 문제야. 세상은 넓고 기회는 만들기 나름이야. 머리를 써 봐."

"야, 이도. 그럼 그 머리, 내 머리 말고 네 머리로 쓰면 안 될까?"

도의 머리는 언제나 믿음직했다. 바르고 단단한, 잘생긴 짱구였다. 백발 마녀는 도의 머리를 두고 영락없는 자신의 머리라고 했다. 그러나 엄마의 뒷머리는 절벽이었다. 언제던가 그 사실을 입 밖에 꺼냈다가 내 뒤통수에 불이 나는 줄 알았다.

도는 대꾸할 가치조차 없다고 생각했는지 쌩하니 고개를 동영상 화면으로 돌려 버렸다. 나는 도의 등 뒤에 대고 가운뎃손가락을 날렸다.

"다 보여."

컴퓨터 모니터 화면에 못난 내가 고스란히 비쳤다. 모니터 화면에서 도와 나의 눈이 마주쳤다. 어색하게 웃는데 안면 근육이 미세하게 떨렸다.

'조회 수? 조회 수!'

알타미라의 동굴 벽화를 그린 원시인들도 애초 시작은 그냥 심심해서 무심코 벽에 낙서한 것일 수 있다. 나 역시, 슬랙라인 월드컵 대회 참가비 마련을 위한 첫걸음은 도와 입씨름을 하다가 동영상 모니터에서 슬쩍 본 동영상 조회 수에서 영감을 얻었다. 하지만 내 계획은 완벽했다.

첫째, 슬랙라인 수강생을 모집한다! 둘째, 수강생들의 주머니에서 강습료를 꺼낸다! 세상에 공짜는 없음을 애들도 알아야 한다. 셋째, 슬랙라인 강습료를 갖고 제법 근사한 슬랙라인 홍보 동영상을 만든다! 물론 슬랙라인 월드컵 대회 홍보와 참가비 후원이 목적이다.

배움에는 왕도가 없다. 영문법 책에도 나와 있었고, 내가 다닌 수학 학원의 원장실 문짝에도 걸려 있던 명언이다.

세계 무대로 나아가는 이들에게 흔히들 하는 말이 있다.

"우리 것이 좋은 것이여!"

"가장 한국적인 것이 세계적인 것이다."

그러나 우리 것이 좋은 것인지 우리가 모른다면, 가장 한국적인 것인데도 우리가 제대로 향유하지 못한다면, 이까짓 말 따위가 무슨 소용일까.

텔레비전에서 종종 떠들어 대듯이, 대한민국은 인터넷 강국이다. 느낌이 온다. 내 동영상이 일파만파로 퍼져 나가 어쩌면 나는 대회가 열리는 독일 뮌헨까지 전세기를 타고 갈지도 모르는 일이었다. 희망은 늘 사람을 들뜨게 한다. 긍정의 에너지가 발끝부터 올라온다.


역사를 모르는 자들에게 미래는 없다. 나는 단재 신채호 선생의 말에 백번 찬성한다.

"우리가 하는 일은 단순히 놀이가 아니야. 민족의 역사와 전통과 얼을 잇는 일이라구. 세계만방에 우리 민족의 운동성, 스포츠 정신, 기타 등등을 알리는 데 동참하고 있다는 사실을 잊지 말자구!"

내가 이토록 달변가인 줄 나도 몰랐다. 급식을 먹고 운동장 한구석에 모인 아이들을 향해 나는 침을 튀겼다. 호기심에 온 아이도 있었고, 그저 구경꾼 노릇을 하러 온 아이도 있었다. 이런들 어떠하고 저런들 어떠하리. 관객은 많을수록 좋았다. 약장수가 처음부터 약 살 사람만 모아 놓고 설을 풀지는 않을 것이다.

"사기꾼 기질이 농후해, 이율."

독고용이 비협조적으로 나왔다. 몇몇 아이들은 자기가 위협해서 데려다 놓은 주제에. 나는 독고용의 매서운 눈 따위에 겁먹지 않는다. 도는 아무 말 없이 앉아 있기는 했지만 몹시 못마땅해하는 듯 보였다. 하지만 이 자리에 도가 없어서는 절대 안 된다. 여학생들 사이에서 도는 아이돌이나 마찬가지였다. 뛰어난 두뇌, 긴 팔과 다리, 누가 봐도 이국적인 외모는 여자애들을 현혹할 만했다. 도 역시 내가 자신의 외모를 밑천 삼으려는 것을 잘 알면서도 말없이 와서는 아까부터 계속 한쪽 눈썹을 씰룩거리고 있었다.

"자, 자! 그러니까 괜히 피시방에 돈 갖다 날리지 말고, 슬랙라인 세계 대회에 동참하라구. 이거 아무 데서나 못 배운다."

나의 슬랙라인 설명회가 시작되었다. 말이 슬랙라인 설명회지, 목적은 돈이다. 감옥 가기를 두려워하지 않는다면 은행 털 생각을 했겠지만, 난 감옥 체질도 아니고 은행을 털 만큼 배짱이 두둑한 인간도 아니었다. 그리고 감옥에 붙잡혀 가기도 전에 우리 마녀 손에 잡혀 죽을 게 뻔했다.

"그냥 타면 되지, 레슨이 필요한 건가?"

"그래, 맞아. 줄도 굵은데? 민속촌에서 본 우리나라 줄타기 줄보다 훨씬 두껍잖아. 높은 곳에 묶어 놓은 것도 아니고."

어딜 가나 쓸데없는 소리를 하는 불청객은 존재하기 마련이다. 무슨 일이든 의심부터 하고 보는 준범이를 지구 밖으로 던져 버리고 싶었다. 하지만 그러기에는 준범이의 몸무게가 자그마치 0.1톤에 가까웠다.

"김준범. 다이어트 효과가 뛰어난 운동이야. 그 효과를 제대로 보려면 레슨이 필요해. 겉으로는 쉬워 보이지만 자칫 잘못하다간 인대나 뼈를 다칠 수 있으니까."

역시 도다. 단 한 마디를 해도 사람을 혹하게 만드는 재주가 뛰어났다. 0.1톤의 김준범이 줄에서 떨어진들 넘쳐나는 살 때문에 과연 뼈나 인대를 다칠 수 있을까 의문이지만, 나는 도의 말에 찬성한다는 표시로 고개를 끄덕여 주었다.

"한번 보여 줘. 보고 결정할게."

독고용의 여자 친구 댕이었다. 본명 지종달보다 댕이로 불리는 얘는 자기 눈으로 직접 확인하지 않으면 아무것도 믿지 않는 경향이 있다.

나는 한껏 진지한 얼굴로 슬랙라인 강습을 시작하겠다고 아이들 앞에서 선포했다. 그리고 하나, 두울, 셋! 점프!

백 덤블링을 시작으로 몸을 날려 줄 위에 올라섰다. 센스 있게 독고용이 휴대전화에 저장된 음악 파일을 열었다. 강한 비트의 빠른 음악이 주변 공기를 에워쌌다. 환호성이 일었다. 나는 이 세상에, 발밑에, 라인과 나밖에 존재하지 않는 것처럼 줄 위에서 놀았다.

반응은 딱 두 가지였다. 놀라서 입을 벌리거나 말거나, 신나서 박수를 치거나 말거나. 그 결과 또한 두 가지다. 강습 등록을 하거나 말거나.

"아무리 네 똥이 급하다고 친구들 코 묻은 돈을 탐하다니, 역시 이율이다."

구경하던 댕이 이죽거렸다. 그러나 도의 카리스마 하나로 댕은 꼼짝하지 못했다.

"댕. 율이 나쁜 짓 하는 것도 아니고 슬랙라인 시작이 우리 전통 줄타기라는 걸 세계 대회에 나가 알린다니까 도와주자."

용용은 진짜 인정머리 없게 생겨 갖고는 늘 나를 감동시킨다. 무뚝뚝한 독고용까지 "강습비 적당히 받아."라고 하자, 댕이 나를 노려보았다. 아무래도 무슨 속셈이 있지 않을까 하는 무언의 질타였다.

"무이자 할부 안 돼. 카드 안 돼. 오로지 현찰 박치기야. 등록하는 순간, 여러분은 애국자가 되는 겁니다!"

아이들의 꿈이 애국자인지, 나는 몰랐다. 앞을 다투어 슬랙라인 강습에 참여하겠다고 아우성이었다.

"이도. 우리나라의 미래가 참으로 밝다."

뿌듯한 마음에 주먹으로 가슴을 두드렸다. 마음은 벌써 독일행 비행기 일등석에 앉아 있었다. 유쾌한 마음에 제자리에서 연속 덤블링을 선보였다. 바짓가랑이가 찢어졌다. 그래도 좋았다. 찢어진 바짓가랑이 사이로 봄바람이 스며들었다.


"겁먹지 마. 떨어져도 안 죽는다니까."

죽는다는 말에 구경을 하던 여자애들이 "꺄악!" 비명을 질렀다. 여자애들은 이래서 문제다. 라인 위에서 갖은 재주를 부리면 멋지다고 꺅꺅거릴 때는 언제고, 죽는다는 소리에 당장 숨이 넘어갈 것처럼 연약한 척은 다 한다. 도가 공원에 나타나자 여자애들의 엄살은 극에 달했다.

"강습은 잘돼 가냐?"

도가 물었다. 표정은 한결같은데 어째 목소리에서 걱정이 묻어나는 것도 같았다.

"손이 모자라. 아니, 발이 모자란다고 해야 하나? 여기저기서 시범을 보이라는데 몸뚱이가 하나뿐이잖냐. 네가 좀 도와줄래?"

"그러지, 뭐."

너무나 간단한 대답이었다. 내가 슬랙라인 타는 모습을 지켜보긴 하지만 슬랙라인 근처에도 오지 않던 도였다. 무슨 바람이 불어서 애가 이럴까.

"익숙지 않아서 힘들지도 몰라. 떨어져도 너무 마음 상하지는 말고. 전통 줄타기처럼 3미터 높이에서 떨어지는 건 아니니까 죽지는 않을 거야."

내 조언에 도가 웃었다. 한쪽 입술 끝만 슬쩍 올라가는 것으로 봐선 비웃음이다. 구두를 신고 온 도가 신발을 벗더니 라인 앞에 섰다. 여자애들이 나를 밀치고 도의 곁으로 몰려들었다. 도의 슬랙라인 실력을 눈으로 확인하고 나면 다시 내 곁으로 몰려들겠지만, 기분이 썩 좋지는 않았다. 아무래도 도의 시범이 끝나면 슬랙라인은 얼굴로 타는 스포츠가 아니라는 사실을 여자애들에게 똑똑히 알려 줘야겠다.

"이도, 너 슬랙라인 해 본 적 있어?"

여자애들 중 한 명이 물었다.

"처음이야."

독고용과 주다인 빼고는 도가 전통 줄타기를 배우는 줄 아무도 몰랐다. 전통 줄과 달리 슬랙라인은 탄성 때문인지 도의 몸이 휘청거렸다. 그렇지만 고수는 고수였다. 금세 중심을 잡더니 줄을 탔다. 라이벌 의식을 느낀다면 녀석을 마음속으로만 응원해야 했지만, 지금 당장은 더 많은 여성 회원을 모집하는 것이 중요했다.

"야, 이도! 발로 타지 말고 얼굴로 타!"

내 주문을 무시한 채, 도는 계속 발로 라인을 탔다. 전통 줄타기에서 발을 크로스로 놓고 타던 녀석이니 분명 슬랙라인 위에서 고전을 면치 못할 거라고 예상했는데, 내 예상을 보기 좋게 뒤집었다. 녀석은 사선으로 살짝 비껴 서서 빠른 발놀림으로 줄 위를 걸었다. 그러더니 갑자기 외무릎 풍치기 동작을 선보이고 팔자 좋게 줄 위에 누워 버렸다. 슈퍼스타가 따로 없었다. 여자애들이 깍깍대는 소리에 자전거를 타고 지나가던 몇몇 사람들까지 우리 곁으로 몰려들었다.

나는 라인에서 내려온 도를 옆으로 끌어당겼다. 홍조 띤 도의 얼굴은 처음이었다.

"야, 이도. 너, 이러기야?"

영문을 모르겠다는 듯, 도가 시큰둥한 표정으로 나를 바라보았다.

"내가 라인, 발 말고 얼굴로 타라고 했잖아."

도가 피식 웃었다. 그러고는 아직도 깍깍거리는 시끄러운 여자애들을 향해 두 손을 펼쳐 보였다.

"율. 이 정도면 라인, 얼굴로 탄 거 아냐?"

입이 열 개라도 할 말이 없다는데……. 입이 열 개였으면 좋겠다.


슬랙라인 위에 선 아이들에게 돈을 받긴 했지만, 가르치는 내내 친절한 스승이 되고자 했던 내 다짐은 그야말로 개나 줘

버려야 할 지경이 되었다.

"네 몸이 스프링이라고 생각해. 반동을 이용하라구!"

세상은 넓고 몸치는 많았다. 하고많은 몸치들이 슬랙라인을 배우겠다고 내 앞으로만 몰려든 느낌이었다. 특히 준범이는 돈을 억만금 갖다줘도 줄 위에 서게 하지 말았어야 했다. 줄이 늘어지는 것은 둘째 치고 끊어질 것 같았다. 겨우 돈 몇 푼에 녀석의 몸무게가 0.1톤에 육박한다는 사실을 외면한 내 잘못이었다.

"이율, 진짜 살 쫙쫙 빠지는 거 맞지?"

"응, 내 줄이 먼저 끊어지지 않는다면."

"뭐?"

"아냐, 아무것도. 계속 타. 좋아, 좋아. 나이쑤!"

출렁이는 준범이의 뱃살, 엉덩이살, 흔들리는 전신을 보며 나는 내가 미쳤구나 싶었다. 라인에도 입이 있다면 국사 선생이 한 것만큼 나에게 오만 욕을 쏟아부을 것이다.

"오빠, 저 오빠는 내려오라고 하자. 아무래도 다치겠어. 줄이 무게를 감당하지 못하잖아."

다인이가 속닥거렸다. 내 속마음도 다인이와 같았지만, 어째 입 밖으로 내뱉은 말은 정반대였다. 주말 오후, 공원에 모인 아이들은 슬랙라인의 매력에 흠뻑 빠져 있었다. 몇몇은 줄 위에 제대로 서지도 못하면서 마음은 이미 슬랙라이너인 탓에 라인까지 구입해 왔다. 해외 사이트에서 100달러 주고 산 녀석이 있는가 하면 60달러 주고 산 녀석까지 다양했다. 열의와 의욕이 넘치는 친구들 덕분에 곧 이 나라가 슬랙라이너로 넘쳐날 것만 같았다.

"야, 주다인. 그런 소리 하려거든 너 먼저 그만둬. 슬랙라인은 평등한 운동이야. 마른 놈, 살진 놈, 너 나 할 것 없이 다 할 수 있는 운동이라구."

"그래도……. 저러다가 줄 끊어지고 다치면 어쩌려구?"

"야! 줄 위에선 모든 사람이 평등해. 너, 이런 말도 몰라?"

"누가 한 소린데?"

그러게. 누가 한 소릴까? 솔직히 주다인을 내 줄 위에 세우고 싶은 마음이 눈곱만큼도 없었다. 빙상장에서 훈련해야 할 애가 왜 이 공터에 따라 나와서 내 신경을 건드리는지 모를 일이다. 나에게 더블 페이만 제시하지 않았어도 주다인이 지금처럼 내 뒤를 졸졸 따라다니는 짓은 언감생심일 텐데.

"오늘은 훈련 가는 날 아니야? 또 뭔 스파이 짓을 하려고 여길 와?"

"나도 슬랙라인 배우려고. 난 개인 레슨으로 부탁해. 저렇게 우르르 몰려서 받는 건 사절이야."

주다인은 슬랙라인 위에서 휘청대는 아이들을 보더니 눈살을 찌푸렸다. 몇몇은 땅 위에 내려놓은 라인 위에서 줄을 따라 걷는 연습에 열심이었다.

"크로스로 겹쳐 놓지 말고 일직선으로! 일직선이야. 슬랙라인은 전통 줄타기랑 달라. 발은 줄 위에 일직선!"

나는 아까부터 계속 발을 크로스로 겹쳐 놓는 댕이를 향해 소리쳤다. 처음에 슬랙라인 강습 운운했을 때만 해도 댕은 비아냥과 이죽거림의 아이콘이었는데 지금은 성실한 제자가 되었다. 자세를 알려 주면 입은 삐죽거리면서도 동작은 바로 고쳤다.

"오빠, 지금 바로 개인 레슨 시작할까?"

"개인 레슨 좋아하네. 누가 너한테 개인 레슨 해 준대?"

"얼마야?"

주다인이 가방에서 지갑을 꺼내 들었다. 새빨간 지갑 색깔하고는. 새빨간 빛깔이 주다인 성질머리 같아서 별로였다.

"얼마라니, 뭐가?"

"개인 레슨 해 주면 더블로 줄게."

따블? 따블이라고! 돈을 배로 준다는 뜻 아닌가! 목마른 내 가슴에 시원한 장대비가 들이치는 기분이었다. 마른하늘에도 날벼락이 치고 궁하면 통한다더니, 한 푼이 아쉬운 나에게 하늘은 주다인을 보내셨다. 어디서 그딴 제의를 나에게 하는 거냐고 호통치고 싶었지만, 지금은 찬밥 더운밥을 가릴 때가 아니다.

"어디서 그딴 제의……. 고맙다. 근데 더블 페이, 네 머리에서 나온 거야?"

나름대로 주도면밀한 주다인이라지만, 이 정도의 머리는 아니라고 보는 나였다. 주다인의 두뇌 기능은 빙판 위 빼고 나머지 환경에서는 제로였다.

"도 오빠."

"도 오빠? 내 브라더, 이도?"

큰 눈을 깜빡이며 고개를 끄덕이는 주다인을 보고 있자니 부아가 치밀었다.

"도 오빠가 그러던데? 오빠는 지금 한 푼이 아쉬운 때라서 개인 레슨에 더블 페이 부르면 내일 당장 나랑 결혼도 해 줄지 모른다고. 하지만 결혼은 나중이야. 일단 오빠가 좋아하는 줄 위에서 연애해 보자."

망할 놈의 이도! 녀석은 나를 너무 잘 안다. 나는 고개를 돌려 주다인을 차갑게 외면했다. 그러나 내 손은 그러질 못했다. 쭉 뻗은 손 위로 주다인이 빳빳한 지폐를 올려놓았다.

"라인 위에서 날 보면 안 돼."

"그럼 어딜 봐?"

"슬랙라인을 타는 내내 줄을 따라서 시선을 건너편 한곳을 응시해. 알겠지?"

주다인이 심호흡을 하더니, 기둥에 매어 놓은 슬랙라인 앞에 섰다.

"율 오빠."

"왜애 자꾸!"

"시선 좀 고정할 테니까 건너편에 가서 서 있으면 안 돼?"

차마 발길이 떨어지지 않았다. 하지만 나는 강습료를 무시하는 선생이 아니다. 슬랙라인의 미래를 위해서라도 사적인 감정은 배제하고 훌륭한 라이너를 키운다고 생각하자! 결심은 이랬으나, 원초적인 본능이 나의 이성을 이겼다. 결국 주다인은 라인 건너편 전봇대에 붙어 있는 보증금 500만 원에 월세 40만 원을 알리는 전단으로 시선을 줘야만 했다. 세상살이의 고단함을 라인 위에서 절실히 느꼈을 것이다.

"야, 주다인!"

"왜! 떨어질 거 같으니까 그만 불러."

주다인이 라인 위에서 휘청거렸다. 나는 라인 건너편에서 주다인을 향해 두 팔을 머리 위로 들어 보이는 시늉을 했다. 나를 보더니 주다인이 팔을 들어 재빨리 균형을 잡았다. 위태롭게 흔들리던 라인의 움직임이 서서히 잦아들었다.

나는 주다인을 향해 소리쳤다.

"야, 내가 이쯤 서 있으면 되겠어?"

# 역사는 어디서 시작되는가

정말이지 유치해서 말도 꺼낼 수가 없다. 기저귀 차고 다니는 갓난애도 아니고 밥알이나 흘리는 유치원생도 아닌데, 발 한쪽 접질려 인대 살짝 늘어난 것 갖고 엄마한테 고자질이나 하는 녀석을 뭐라고 불러야 하지? 김준범이 라인 위에서 허우적거릴 때 알아봤어야 했다. 시키는 대로 가만히 균형 잡는 동작을 따라 하던 녀석이 주다인의 등장에 마음이 급해진 것까지는 알겠는데, 거구의 몸을 그토록 무모하게 공중으로 내던질 줄은 상상조차 못 했다.

쿵! 지구의 중력은 우리 집 백발 마녀의 음식 솜씨만큼 정직했다. 0.1톤의 몸이 지면에 닿는 순간, 도는 앞날을 예감했는지 눈을 질끈 감았다.

"구급차 불러."

강습받던 아이들이 준범이를 일으키겠다고 준범이 주위로 우르르 몰려들었지만, 0.1톤의 무게는 개미 떼처럼 달려든다고 해서 쉽게 들 수 있는 무게가 아니었다. 무리 속에서 다인이의 모습을 발견한 김준범은 "괜찮아. 아무 일도 아니야. 저리들 비켜."라고 호언장담했지만, 땅을 딛고 일어서자마자 "으악!" 하고 비명을 지르더니 그대로 또다시 쿵! 바닥에 쓰러졌다.

"발목 인대가 나갔을 거야, 아마도."

쓰러져서 나뒹구는 준범이를 보며 주다인은 무미건조한 목소리로 나에게 말해 줬다. 살 때문에 발목과 종아리의 경계가 불분명한 녀석의 다친 부위를 보며 나는 눈앞이 캄캄해졌다.

"걱정하지 마, 이율. 까딱없어. 치료받고 다시 강습 받으러 올게."

말은 나에게 건넸지만 녀석의 시선은 다인이를 향하고 있었다. 구급차에 실려 가면서 녀석은 손까지 흔들며 여유를 보였다.

그때까지만 해도 나는 큰 걱정을 안 했다. 10대라는 나이가 원래 다치면서 크는 나이이고, 이번 일을 계기로 준범이는 다이어트의 필요성을 절실히 깨달았을 거라고 확신했기 때문이다. 그러나 저녁 시간, 초인종 소리가 예사롭지 않다는 것을 직감하자 김준범의 곰 발바닥이 뒤통수를 절로 강타했다.

초인종이 또다시 요란하게 울리고 엄마가 현관으로 나가자, "댁의 아들이⋯⋯."라고 시작되는 앙칼진 중년 여자의 목소리가 문틈으로 흘러들었다. 나는 온몸으로 예감했다. 내 얘기구나, 하고 말이다.

슬랙라인을 배우겠다고 제 발로 뛰어든 녀석에게서 미리 '나는 교습만 받을 뿐, 불의의 사고에 대한 일체의 책임을 전가하지 않는다.'는 양식에 서명이라도 받았어야 했나.

"이율, 너 밥 먹을 자격 없어. 숟가락 내려놔."

"왜요, 또?"

"왜요, 또오?"

나는 밥 먹을 땐 개도 건드리지 않는다는 속담이 세상에서 가장 수긍이 간다. 하물며 인간인 내가 밥을 먹을 때 번번이 숟가락 내려놓으라고 명령하는 엄마는 정말이지 비인간적이고 비인권적이다.

"너, 뭐 하고 돌아다니는 거야? 강습이라니? 네가 누굴 가르칠 위치가 돼야 말이지."

엄마는 말을 돌려서 하는 법이 없다. 언제나 직설적이다. 그런 엄마의 말투가 간단명료하고 복잡하지 않아서 좋을 때도 있지만 등골이 오싹할 때가 더 많아서 탈이다. 나는 조용히 우유 컵을 비우는 도를 노려보았다. 그 자리에 함께 있었으니 도가 한 마디만 거들어도 좋을 텐데, 녀석은 입에 초강력 접착제를 발라 놓았는지 입도 뻥긋 안 했다.

픽.

엄마의 잽은 빠르고 정교했다. 엄마는 키가 174센티미터다.

정말 멋대가리 없는 수치다. 남들은 늘씬한 엄마를 둬서 좋겠다며 속도 모르는 소리를 한다. 긴 팔다리로 내 등짝과 허벅지 등등에 사정 안 가리고 필살기를 날리는 엄마다. 기럭지가 길어서 난 항상 백발 마녀의 사정권을 벗어나지 못했다.

언젠가 비장한 얼굴로 나는 백발 마녀에게 선포했었다.

"난 작은 여자랑 연애도 하고 결혼도 할 거야. 엄마 같은 꺽다리는 노 땡큐야."

엄마 대답은 가관이었다. 엄마는 홍, 콧방귀를 뀌더니 나에게 말했다.

"나도 율, 네가 이딴 소리 할 줄 알았다면 내 배 속으로 다시 들어가라고 했을 거야."

그나저나 도가 말하지 않았다면 내가 슬랙라인 강습한다는 것을 아는 사람이 누구일까. 답은 멀리 있지 않았다. 등잔 밑이 어둡다는 말은 여러모로 다양한 곳에 쓰였다. 내 등잔 밑은 도 아니면…… 누구냐?

"슬랙라인인지 점프인지, 할 거야 안 할 거야?"

"엄마! 그런 법이 어딨어? 난 타협하지 않아!"

"그으래, 이율? 좋아."

백발 마녀가 이렇게 나올 때는 언제나 내가 불리한 상황이 연출되었다.

"강습비는 또 뭐야?"

김준범 자식, 진짜 치사하게 온갖 얘기를 다 떠벌렸나 보다.

제 몸무게의 반의 반만큼이라도 입이 무거우면 좋으련만, 녀석의 입에 실낱같은 믿음을 품은 내가 미쳤다.

"돈이 필요하니까. 편법은 아냐, 엄마. 율이는 정당하게 돈을 번 거야."

도가 처음으로 내 편을 들었다. 나는 정당하게 돈을 벌었다는 도의 표현이 마음에 들었다. 역시 함께 줄을 타고 땀을 흘리는 놈이라 뭐가 달라도 달랐다. 나는 고맙다고 찡긋 윙크를 날렸다. 엄마가 우리 형제를 나란히 바라보았다. 왼쪽 입술 끝을 살짝 깨물고 있는 것으로 보아, 이 일을 어떻게 처리해야 할지 살짝 고민 중이라는 뜻이리라.

"돈이 필요해서 고무줄놀이 강습을 시작했다는 거지?"

"고무줄놀이가 아니라 슬랙라인."

"시끄러워!"

엄마는 식탁 주변을 몇 번 어슬렁어슬렁하더니 결론을 내렸다. 식탁 주위를 왔다 갔다 하는 동안 카디건 소맷부리의 보풀을 꼼꼼하게 떼어 내면서.

"용돈 금지 풀어 준다, 이율."

"이얏호!" 환호성을 지르기도 전에 엄마가 바로 전화기를 들었다. 안 봐도 비디오였다.

"선생님, 안녕하세요? 율 엄마, 기나리입니다."

엄마처럼 담임을 무서워하지 않는 학부형은 대한민국에 없을 거다. 동네 친구한테 하듯 시시때때로 통화하는 것을 보면 담임을 가족이라고 착각하는 듯했다. 오히려 담임이 엄마를 불편해하고 어려워하는 눈치였다. 전화를 받는 순간, 엄마가 '도'가 아닌 '율' 엄마라고 하는 순간, 담임은 얼음이 되었을 게 뻔했다. 아마도 파산 선고를 받거나 지옥에 떨어진 것 같은 표정이리라. '도' 엄마로 전화할 경우는 열에 아홉이 감사 인사 전화였고, 이때 담임의 표정은 따뜻한 우유에 적신 카스텔라처럼 부드러울 것이다. 반면에 '율' 엄마로 전화할 경우는 뭔가 불미스럽고 열 받는 일이 있었음을 알리는 거였으니까.

엄마는 담임한테 나의 비행을 그대로 고자질했다. 말도 안 되는 고무줄놀이로 급우들을 현혹하고 강습비까지 받아 냈으며 그중 한 명은 부상을 당해서 병원 치료 중이다, 고로 자신은 이율의 엄마로서 망아지 새끼처럼 날뛰는 아들놈을 가만두고 볼 수 없다는 것이 주 내용이었다.

"율, 정신 상태 고쳐서 학교 보내겠습니다. 이런 정신머리로 학교 보내 봤자, 민폐라서요."

전화기를 들고 있던 엄마의 미간이 살짝 일그러졌다. 담임이 엄마의 의견을 저지했을 게 분명했다. 출석 일수나 내신을 고려하라는 소리를 했을 것이다.

"아니요, 선생님. 출석이 문제가 아니라 사람이 되어야지요. 우리 부부의 교육관은 내신 만점이 아니라 제대로 된 애국자를 기르는 겁니다. 네, 네, 들어가세요."

우리 백발 마녀는 지금 당신의 전화가 담임에게 민폐라는 사실을 모르나 보다. 전화를 끊고 나서 담임은 백발 마녀 전화번호를 스팸 번호로 등록하지 않을까. 평소에 할 말 못 할 말, 하지 말아야 할 온갖 말을 다 하는 담임이 우리 엄마에게는 유달리 약한 모습을 보인다. 담임에게 천적이 있다면 바로 엄마가 아닐까. 사실 담임은 강자에게 약하고 약자에게도 약한 스타일이다. 우리나라 최고 대학 병원의 흉부외과 과장이라는 엄마의 타이틀은 담임을 비롯한 선생들에게 절대 진리요 참선이었다.

왈. 왈. 왈. 검은 개가 오려고 했다.

나는 숭늉 그릇에 손을 뻗었다. 구수한 맛을 기대했는데 밥을 태운 모양이었다. 숭늉을 머금은 입 안에 탄내가 맴돌았다. 꿀꺽 소리 내어 삼키고 한숨과 함께 뱉었다.

"검은 개가 왔다."

백발 마녀가 나를 노려본다. 도도 나를 보더니 얼굴을 살짝 찡그렸다.

"이율, 네 검은 개한테 전해. 오늘은 와 봤자 나한테 안 먹힌다고. 너, 그 위험한 고무줄놀이 당장 그만둬. 그만두겠다고 각서 쓰지 않으면 학교 못 갈 줄 알아!"

"간단한 스포츠라니까. 도는 더 높은 3미터 위에서 줄 타는 것도 가만두면서 왜 나한테만 이러는 건데? 슬랙라인은 끽해야 50센티미터 위에서 노는 거라구. 이건 차별이야."

"그래, 차별이다. 넌 차별당해도 싸. 도가 줄 타면서 다친 적

있니, 속을 썩이길 했니? 겨우 50센티미터 타면서 팔 부러지고 머리 깨지고."

엄마가 카디건 단추를 채우며 냉장고를 열어 도에게 홍삼 팩을 건넸다. 말없이 홍삼액을 컵에 따라 마시는 도. 뭐든 잘도 마시는 도가 붕어 같아 보였다.

"내가 다쳐서 속상한 거야? 걱정돼서 이러는 거야, 엄마?"

"걱정 좋아하시네. 병원비 때문에 그런다. 그리고 네 아빠와 난 자식을 가질 때 결심했지. 딴 건 몰라도 애국자로 키우자고."

내가 슬랙라인을 하는 것과 애국자 사이에 무슨 상관관계가 존재할까. 엄마의 카디건 단추가 하나씩 밀렸다. 옷이 우습게 되었다. 아버지가 있었다면 잘못 끼워진 엄마의 카디건 단추를 풀어 다시 하나씩 제대로 채워 줬을 텐데……

"이런 상태라면 이율, 넌 애국자 못 되겠어. 이건 우리 부부의 교육관을 망치는 일이야."

"엄마. 엄마가 몰라서 그러는데, 난 애국자가 되려고 이러는 거야. 내가 하는 고무줄놀이가 바로 애국의 산 증거라고."

나는 엄마에게 다가갔다. 그리고 잘못 채워진 엄마의 카디건 단추를 푸르고 다시 채우기 시작했다.

"도가 타는 줄은 되고 내가 타는 줄은 안 된다고 말하지 마. 그건 엄연히 차별이야."

백발 마녀의 라이트 훅은 언제고 정확했다. 옆구리가 끊어지는 듯한 통증을 느끼며 나는 바닥에 쓰러졌다. 엄마의 주먹을 감당할 수 있는 날이 과연 나에게 올까? 스무 살 무렵 엄마가 경기도 미들급 복싱 여자 대표 선수였다는 사실은 단순히 과거의 영광으로 끝날 일이 아닌가 보다. 잠자코 이 광경을 지켜보는 도의 낯빛이 어두워졌다.

유튜브의 힘은 위대하다. 가치로 인간의 부피를 측정했다면 나는 우주에서 내려다봤을 때 티끌 정도로 보일까. 그런데 유튜브에 올린 3분짜리 동영상 하나 덕분에 나는 우주의 티끌이 아닌, 점 정도로 커졌다. 그리고 일이 점점 커졌다.

사흘간 집에서 자숙하라는 백발 마녀의 명에 따르는 동안 무료함을 달래기 위해 나는 슬랙라인 전용 블로그를 만들었다. 블로그 이름은 '날아라, 슈퍼 다리'. 그 시작은 미미했으나, 끝은 창대했도다! 바로 우리 블로그를 예상하고 탄생한 말씀일 것이다.

시작은 심심풀이 블로그였지만, 우리의 슬랙라인 기술을 나누기 위해 누구에게든 개방한 덕분에 난리도 아니었다. 게다가 슬랙라인의 역사를 풀면서 곁들여 우리의 전통 줄타기를 자세히 소개한 덕분에 나이 든 분들까지 우리 블로그에 발걸음을 했다. 소통의 장이 된 것이다. 나중에는 전통 줄타기 코너를 아예 따로 만들자, 도가 알아서 전통 줄타기 자료와 사진을 업데이트해 줬다. Q&A 란은 재미가 쏠쏠했다. 대답을 달아 주고 있노라면 시간 가는 줄 몰랐다. 또한 나라는 인간이 제법 괜찮아 보여서 기분이 그만이었다.

독고용은 블로그에 들어와 보고는 나에게, "야, 율! 슬랙라이너가 아니라 아이돌이 되고 싶은 거 아냐?"라고 놀렸다. 인기 있는 남자, 유명세를 떨치는 남자, 나쁘지 않았다. 이왕 시작한 슬랙라인, 줄만 타고 끝나는 게 아니라 미녀들의 시선을 한껏 받고 선망의 대상이 되는 것도 좋지 않은가. 남자라면 이 정도 욕심은 낼 법도 하다고 나는 자신 있게 말했다.

Q: 슬랙라인을 배울 때, 어떤 신발을 신어야 하나요? 맨발이 좋은가요, 신발 신는 게 좋은가요. 어떤 신발이 좋은가요?

A: 가장 단순한 답은 맨발입니다. 맨발은 슬랙라인을 배우기에 가장 좋습니다. 슬랙라인을 발바닥으로 느끼고 균형을 잡으면서 무게 중심이 정확히 어디에 오는지 느끼게 되니까요. 신발을 신을 수도 있지만, 그러면 맨발보다는 라인을 느끼기가 좀 어렵겠죠?
저 같은 경우는 점프도 하고 다양한 동작도 많이 하니까 주로 신발을 신고 하는 편입니다. 그럴 때는 신발을 신는 게 발을 보호해 줘서 좋거든요.

이렇게 정성껏 답변을 달고 나면 이따금 "그럼 어떤 브랜드의 신발을 사야 할까요? 나는 나이스나 아뒤다스가 좋은

데……. 이번에 새로 나온 ○○ 시리즈를 신어도 될까요?" 따위의 질문을 하는 사람이 있다. 이런 질문자는 염불보다 젯밥에 더 관심이 많은 인간이다. 슬랙라인 위에 서는 게 문제가 아니라, 나이스나 아뒤다스 ○○ 시리즈를 슬랙라인 핑계 대고 사려는 의도가 있는 것이다. 마음 같아서는 "이 자식아, 아예 줄 위에 올라가지 마."라고 소리치고 싶지만, '날아라, 슈퍼 다리'의 이미지를 위해 나는 점잖게 답글을 달아 준다.

A: 어떤 브랜드의 신발을 신느냐는 개인마다 다르겠지만 바닥이 평평하고 얇은 신발이 좋습니다. 여러 브랜드에서 슬랙라인에 알맞은 얇은 바닥의 신발을 내놓고 있음을 알립니다.

꽤나 만족스러운 답변이라고 생각했는데, 다시 살펴보니 너무나 개성 없는 뻔한 내용이었다. 그리고 라이너로서 제대로 된 답변을 해 줘야 한다는 결심이 앞섰다. 나는 키보드를 힘주어 두드렸다.

A: 님은 슬랙라인에 오를 자세가 되어 있지 않습니다. 운동화 브랜드가 문제가 아니라 일단 발부터 깨끗이 닦으시길.

'날아라, 슈퍼 다리'에서 가장 인기가 많은 것은 동영상 자료였다. 슬랙라인 강습을 시작할 때부터 심심풀이로 찍어 놓

왔던 동영상 자료가 폭발적인 조회 수를 기록했다. 그러나 500여 건의 조회 수로 만족할 내가 아니었다.

뭔가 좋은 방법이 없을까 궁리하다가 주다인에게 문자를 보냈다.

> 여자들이 좋아하는 게 뭐냐?

주위에 자문을 구할 여자가 없다는 것이 유감이다.

> 오빠.

얘가 이럴 줄 알았다. 혀를 차면서도 입은 자꾸만 호선을 그렸다.

> 나 그만 좋아하고, 일반적인 여자들이 좋아하는 거.

> 오빠 말고 도 오빠 말이야. 여자들은 도 오빠처럼 잘생긴 남자 좋아함!!!

"아! 이 외모 지상주의자들!"

의자에서 벌떡 일어나 공연히 책상을 발로 찼다. 잘못 차서 새끼발가락에 와 닿는 통증이 엄청났다. 눈물이 찔끔 흘렀다.

"좋아. 외모란 말이지?"

주다인의 말이 틀린 소리는 아니었다. 도는 어릴 때부터 혼혈인의 특징이 고스란히 드러난 외모로 남녀노소를 불문한 모든 사람들, 심지어 애완견들 사이에서도 시선을 끌었다. 도가 줄 타는 동영상이라면 세계를 제패하고도 남을 것 같은 예감이 들었다. 덧붙여 호기심을 자극할 만한 멘트 하나 날려주면 게임은 끝날 것이다.

부엌으로 달려가 냉장고에서 날계란을 하나 꺼내 먹었다. 목을 타고 넘어가는 미끄덩한 질감이 별로였지만, 노른자의 고소한 맛이 입 안에 퍼지자 흰자의 비릿함을 느낄 새도 없었다. 목청을 가다듬고 자웅 동체에게 전화를 걸었다. 신호음 수를 헤아리며 두근대는 마음을 진정하는데 "여보세요." 하는 소리가 들렸다. 정지현은 목소리마저 사람을 헷갈리게 만들었다.

"나야. 이율. 부탁이 하나 있어서 전화했어. 들어줄 수 있을까?"

나라와 민족을 위하는 길이라는 내 설득에도 꿈쩍하지 않던 정지현이, 마지막에 내던지듯 무심코 한 말에 반응을 보였다.

"도에게 도움이 되는 일이라고. 도가 기뻐할 거야."

"정말?"

정말, 이냐고 묻는 정지현의 목소리가 온전히 나를 걱정하는 것이었다면……. 머릿속으로는 '정지현은 도의 여친이다!'라고 세뇌를 했지만, 내 마음을 접기에는 그 애의 나긋한 목소리가 너무 유혹적이었다.


　국사가 그랬다.

　"역사는 어디서 이뤄지는가?"

　국사의 수업 열의는 타의 추종을 불허했지만, 아쉽게도 우리의 수업 태도는 국사의 열정을 따라가지 못했다. 하필이면 식곤증이 몰려오는 5교시 수업이었다. 그래도 수업에 성의를 보이고자 하는 누군가가 대답을 했다.

　"역사는 교과서에서 이뤄집니다."

　그 대답을 한 녀석은 충분히 오래 살 만큼의 욕을 국사에게서 들었다. 국사는 나라 잃은 독립투사처럼, 마지막 전투를 앞둔 장수처럼 헛소리를 내뱉은 녀석에게 불을 뿜었다. 그 순간 나는 국사는 전생에 용이 아니었을까, 하는 의구심마저 들었다. 인간이 이뤄 낸 역사적인 사건들보다 훨씬 흥미진진한 욕설이었다. 국사의 열정적이고 리얼한 욕설 덕분에 몇몇은 역사가 어디서 이뤄지는지 처음으로 관심을 기울이게 되었다고 고백도 했다.

　국사가 나에게 "역사는 어디서 이뤄지는가?" 다시 묻는다면, 나는 100퍼센트 확신을 안고 대답할 수 있다.

　역사는 유튜브를 통해 이뤄진다! 유튜브를 통해 내 역사가 이뤄지기까지 소소한 우여곡절이 있었지만, 그 소소하고 자잘한 우여곡절이 뜻밖에 대형 사건의 발판이 되었다.

도 몰래 블로그에 올린 도의 전통 줄타기 장면과 나의 슬랙라인 시범 장면 조회 수는 가히 폭발적이었다. 자신의 전통 줄타기 동영상을 공개했다는 이유로 도는 내게 미친 듯이 화를 냈다. 도의 동영상에 덧붙인 문장도 괜찮았는데 녀석은 펄펄 뛰었다.

**— 이국적인 외모의 초절정 꽃미남이 왜 전통 줄타기에 도전하게 되었을까?**

절대 감정을 드러내지 않는 녀석의 인간적인 면을 보게 되자 나는 더 신이 났다. 그러잖아도 여학생들의 신이었던 녀석이 학교에서 여자애들에게 더욱 시달리게 된 모양이었다.

침대 위에서 텀블링 동작을 연습하는데 휴대전화가 울렸다. 톡이 왔다. 독고용이었다.

> 율! 너, 대박 났다!

> 당연. 근데 뭔 대박?

> 학교로 무슨 스포츠지 기자가 찾아왔어.

톡을 날리는 손놀림이 점점 빨라졌다.

> 왜?

> 기자가 왜 왔겠냐? 취재하겠다는 거겠지.

갑자기 백발 마녀의 머리카락이 공중 부양하는 광경이 머릿속을 스쳐 지나갔다. 아무리 상상해도 긍정적인 반응은 기대하기 어려웠다.

> 네 얼굴이 클로즈업 되었다면 유튜브 조회 수가 제로였을 텐데, 다행히 도의 얼굴을 보고 찾아온 것 같다.

"뭐? 독고, 이 새끼!"

실제로 동영상에서 나의 화려한 줄타기 동작은 진짜 박진감 넘치게 찍혔지만 내 얼굴이 온전히 나온 컷은 없었다. 기껏해야 풀 샷으로, 멀리 뒤로 빼서 찍었을 때나 얼굴이 드러났을 뿐이다. 그것도 너무 멀리에서 잡혀 누군지 알아볼 수 없을 지경이었다.

엄마가 알면 학교 그만두게 될지도 모르겠다고 용용에게 톡을 날리려는데, 용용이 더 빨랐다. 나는 용용이 보낸 톡에 털썩 주저앉고 말았다.

> 도, 수업 땡땡이치고 도망갔다.

# 두 개의 줄

　인생은 묘한 곳에서 꼬였다. 살면서 헛발을 내딛지 않는 인생이 얼마나 될까. 누구나 실수를 하고 추락을 하고 상처를 입고 상처를 주고 울고 쓰러지고 자리를 털고 일어난다.
　"그래서 두 놈이 도망친 곳이 고작 여기냐?"
　도나 나나 딱히 대꾸할 적절한 말이 없었다. 입을 꾹 다물고 서서 발끝만 내려다보았다. 줄꽂이 핀 줄을 살펴보고 있던 줄선생이 우리 둘을 보고 혀를 찼다.
　독고용이 스포츠지 기자가 학교로 찾아왔다고 전했을 때만 해도 나는 가벼운 농담이겠거니 했다. 하지만 도가, 학교와 수업을 사랑하는 도가 땡땡이를 쳤다는 말에 사태의 심각성을 깨달았다. 자율 학습 땡땡이가 아니라 정규 수업 땡땡이였다. 이 말은 엄마한테 바로 보고가 들어간다는 뜻이었고, 엄마는 도가 왜 수업을 땡땡이쳤는지를 파헤칠 것이며, 그러다 보면 나의 슬랙라인 꿍꿍이까지 모두 들통날 터였다.

스포츠지 기자는, 과연 기자라고 불러도 될지 의심스러운 사내는 어떻게 알았는지 집까지 찾아왔다. 그자는 스포츠 전문 기자라고 하더니 조악해 보이는 명함 쪼가리를 내밀었다. 처음 듣는 스포츠 잡지였다. 그래도 슬랙라인을 알릴 좋은 기회라고 생각하며 남자의 질문에 성의를 보이려고 했다. 그러나 남자의 첫 질문을 듣는 순간, 나는 내가 바보짓을 하고 말았다는 것을 깨달았다. 남자는 슬랙라인이나 전통 줄타기보다 도의 이야기를 궁금해했다. 쌍둥이라는데 왜 하나는 혼혈이냐, 혼혈인 친구는 어머니 쪽이 외국인이냐 아버지 쪽이냐, 너희 집에서 입양한 것이냐, 혼혈 형제 쪽이 슬랙라인을 하고 네가 전통 줄타기를 타야 맞는 것 아니냐……. 하나같이 쓰레기 같은 질문이었다.

예전에도 이런 일이 있었다. 도랑 내가 초등학교에 다닐 무렵이었는데, 선생 중에 한 명이 아는 방송 관계자에게 도를 추천했다. 아역 모델을 찾는 그 관계자는 도의 얼굴에 홀딱 넘어갔다. 특히 그는 도와 내가 쌍둥이라는 것에 강한 호기심을 보였다. 모델이 아니라 가십거리를 찾는 사람처럼 이것저 것 캐물었고 우리 집 가정 환경까지 조사해 가며 이상한 콘셉트로 광고를 만들려고 했다. 물론 그 사람은 마지막에 엄마 앞에서 어쩌다가 도를 입양했냐, 혼혈아를 입양하기란 쉽지 않았을 텐데, 따위의 말을 꺼냈다가 욕설과 함께 소송까지 불사하겠다는 엄마의 분노에 쩔쩔매야 했다.

도를 방송 관계자에게 소개한 선생은 엄마에게 "도의 외모가 좋잖아요. 모델로 성공할 수 있을 것 같아서 좋은 의도로 시작한 거예요."라는 소리를 했다가 오히려 성장기 어린 제자의 마음보다 외모만 보는 선생으로, 스승의 자격 조건도 갖추지 못한 인간으로 전락하고 말았다.

엄마는 뒤도 돌아보지 않고 도와 나를 전학시켰다. 전학한 학교는 집에서 다니기 불편할 만큼 거리가 제법 멀었는데도 엄마는 우리에게 이렇게 말했다.

"학교는 성장의 발판이 되는 곳이어야 해. 그래야 할 학교가 너희를 보이는 것으로만 판단하고 마음을 헤아려 주지 못한다면 다닐 필요 없어. 알겠니?"

그때는 뭐가 그렇게 거창할까 싶었지만, 도는 그때도 엄마의 말을 가만히 듣고 고개를 끄덕였다. 하지만 나는 도의 고갯짓을 알 수 있었다. 도는 자라는 내내 외모 때문에 고민했다. 잘생겨도 병이라고, 잘생겨서 고민이 많았다. 확실히, 도의 외모는 무시하고 지나가기에는 눈에 띄었다. 쌍둥이라는 말로 묶어 놓은 우리 형제는 커 가면서 쌍둥이라는 게 얼마나 우스운 말인지 깨달았다.

나는 대수롭지 않게 여겼지만 도는 나와 조금은 달랐을 것이다. 전학하기 전날 밤, 도는 밤새도록 울었다. 우리는 이층 침대를 썼는데, 동이 틀 때까지 아래층 침대에서 들려오는 도의 흐느낌은 멈출 기미가 없었다.

"야, 그만 자."

"미안해, 율. 나 때문에 너까지 전학 가서."

"아니야. 수학 숙제 안 했는데 잘됐어. 새 학교는 오늘이 첫날이니까 숙제 검사 안 하겠지?"

"응, 아마도."

우리는 퉁퉁 부은 눈으로 새 학교에 등교했다. 어깨를 나란히 하고 새 학교의 교문으로 들어섰다. 교문으로 들어서기 전, 나는 도의 손을 잡았다. 누가 뭐래도 우리는 형제였다.

아마도 도는 잊고 있던 기억을 스포츠지 기자 때문에 떠올렸을 것이다.

"좋은 기회 아니냐. 인터뷰도 하고 좀 유명해져서 대회 나갈 여비도 좀 벌어 보지."

말로는 쉽다. 하지만 그건 줄선생이 우리 백발 마녀를 만나보지 않았을 때나 가능한 소리였다.

"좋은 생각인데요, 그 생각을 실천하기도 전에 우리 엄마 손에 죽어요."

나를 보는 줄선생의 표정이 곱지 않다. 장롱에 틀어박힌 엄마의 체크 주름치마 주름처럼 줄선생의 주름이 잘게 부서졌다. 줄선생의 시선이 도에게로 향하자, 도는 작게 한숨을 쉬더니 입을 열었다.

170

"율이랑 제가 형제인 거…… 더 이상 여기저기에 알려지는 거, 싫습니다."

"뭐어!"

도의 고백은 충격이었다.

"야! 이도! 너랑 나 형제인 거 온 세상이 다 아는데, 그게 왜 싫어? 너, 내가 창피해? 형제를 부끄러워하는 놈이 어딨냐?"

"……."

"너어, 나보다 잘생겼다고 그러는 거야? 야, 내 얼굴도 만만치 않거든."

외모 콤플렉스에 시달려야 하다니, 믿을 수가 없었다. 이도, 내 하나밖에 없는 형제가 나를 창피해하고 있다니! 부정하고 있다니!

"그게 아냐."

"뭐가 아냐? 아니면 뭔데?"

"너랑 나! 친형제 아니잖아. 진짜 쌍둥이 아니잖아. 너랑 내가 피 한 방울 안 섞였다는 거 자랑이 아니란 말이야! 내가 입양아라는 거, 난 알리고 싶지 않다구!"

내가 딛고 선 땅이 발밑으로 쑥 꺼지는 기분이었다. 피 한 방울이 어쨌다는 걸까. 진짜 쌍둥이가 아니라는 게 어떻다는 걸까. 입양아가 뭘 어떻게 되었다는 걸까. 온몸이 부들부들 떨려 왔다. 어름사니 어른이 굳은 얼굴로 우리를 지켜보고 있다는 사실마저 잊을 정도로 나는 화가 나고 흥분했다.

"이도! 너 왜 등신처럼 굴어? 넌 태어나면서부터 가족이고 내 형제였어. 네 생김새가 도대체 우리 관계의 뭘 바꾼다는 건데?"

"네 일 아니라고 함부로 말하지 마!"

"너 지금 '함부로'라고 했어? 그딴 거 의식하는 건, 너라는 새끼가 엄마랑 나, 돌아가신 아버지까지 애당초 가족으로 생각한 적도 없다는 증거밖에 더 돼?"

"……."

이도, 또 침묵시위라도 할 참인가 보다. 입을 꾹 다문 채 주먹 쥔 손을 부들부들 떨고 있었다.

"개새끼!"

나는 녀석의 멱살을 잡았다. 넘치는 화를 주체할 수 없어서 도의 멱살을 잡은 손이 미친 듯 떨리고 있었다.

"네가 올린 줄타기 동영상 때문에 내 인생이 뒤흔들리고 있어. 넌 몰라, 내가 어떤지."

초콜릿빛이 감도는 도의 눈동자가 어둡게 가라앉았다. 눈동자 속의 황금 조각이 어둠 속으로 사그라들고 있었다.

"내가 뭘 모르는데? 전통 줄타기? 흥! 차라리 떨어져 버려."

아차 싶었지만 입 밖으로 이미 흘러나간 말이었다. 실수였다고 주워 담기에는 너무 늦어 버렸다.


초저녁부터 삼겹살집에는 돼지기름 냄새와 손님들의 시끌

벅적한 이야기가 뒤섞여 있었다. 구석 자리 한쪽에 엉덩이를 붙인 줄선생은 삼겹살 3인분과 소주 한 병, 사이다 한 병을 시켰다. 주문한 소주와 사이다가 오자, 자기 소주잔에는 소주를, 내 소주잔에는 사이다를 따랐다. 그러더니 밑도 끝도 없는 말을 내게 건넸다.

"나는 예전에 말이다, 공연 도중에 추락한 적이 있어."

'흐헥!'

"누구나 실수는 있는 법이지."

소주잔을 비운 줄선생이 물끄러미 나를 바라보았다. 어디에 시선을 둬야 할지 몰라 나는 벌컥, 내 소주잔을 비웠다. 갑작스레 목구멍으로 넘어간 탄산에 사레가 들렸다. 다정하게 물컵을 건네거나 등을 두드려 주는 행동은 바라지도 않았지만, 콜록대는 나를 무시한 채 줄선생은 계속 자기 이야기만 주절댔다.

"율이 넌, 도가 어떤 마음으로 줄 위에 섰는지 알고 있냐?"

"어…… 어떤 마음이라…… 뇨?"

나는 라인 위에 즐거운 마음으로 선다. 즐겁고 신나기 위해 선다. 도 역시 나와 같은 마음이 아닐까.

전통 줄타기를 처음 배우러 간다던 열세 살의 도를 떠올려 봤지만, 도의 얼굴 표정이 기억나지 않았다.

"나는 내가 싫다. 줄 위에서 도에게 붕붕 뛰라고 다그치는 내가 싫어. 분명 생과 사를 오가는 그 가는 줄 위에서…… 내가 무엇 때문에 그 애한테 목숨을 내놓으라고 종용하는 건지…….”

줄선생이 도에게 목숨을 걸고 줄 위에 서게 한 것인가. 백발 마녀가 알면 줄선생을 가만두지 않을 것이다. 하지만 내 기억 속의 도는 누가 등을 떠밀어서 줄 위에 선 것이 아니다. 제 발로 줄타기를 해 보고 싶다고 했다. 엄마는 그러는 도를 온갖 감언이설로 말리려고 했으나, 가족 중 어느 누구도 도의 고집을 꺾지 못했다.

“도는 줄 위에서 끝을 보고 걷는다. 그 애가 끝을 보고 왔거든.”

“도가 끝을 보고 오다뇨?”

“위험한 걸 왜 하려고 하냐고 묻는 내게 도가 처음 한 말이 뭔지 아니?”

당연히 나는 모른다. 둘 사이에 오간 대화를 내가 어떻게 안단 말인가.

“튀기라는 소리가 죽기보다 싫었단다. 혼혈아 소리가 죽기보다 싫었다더라구. 그러면서 전통 줄타기를 하면 혼혈아 소리 안 들을 수 있는 거 아니냐고 말도 안 되는 소리를 하더라구.”

줄선생의 말에 나는 눈앞의 삼겹살이 새까맣게 타들어 가는 것도 모를 정도였다. 내가 쿵푸를 배울 때 도는 태권도를 배웠다. 내가 피아노를 치면 도는 대금을 배우고 싶어 했다.

나는 슬랙라인 위에 발을 올려놓지 않으려고 했던 도를 떠올렸다. 온갖 협박을 해 가며 우리 전통의 우수성을 세계에 알리는 일이라고 하는 말에 도가 알 수 없는 표정을 지었던 것이 기억났다.

"넌 형제라는 놈이 도에게 가장 못돼 먹고 잔인한 짓을 한 거다."

도는 자신이 딛고 서 있는 현실보다 줄 위가 더 안전할 것 같다고 했단다. 줄 위에서는 자신이 내딛는 발걸음만 생각하면 되는 것 아니냐고, 발끝에만 집중하면 괜찮아지는 것 아니냐고 물었단다.

도에게 무슨 일이 벌어졌던 걸까.


누가 엄마에게 "네 소원이 무엇이냐?"고 묻는다면, 엄마의 대답은 '병원이 없는 세상을 만드는 것'이다. 엄마는 의사이면서도 지구상에서 병원이 사라지는 것을 꿈꾸는 묘한 사람이다. 군인이었던 아버지와 결혼한 이유도 나중에 의사라는 직업이 사라지고 나면 연금 수령자인 아버지에게 묻어 가기 위해서라고 우리 앞에서 떳떳하게 밝힌 적도 있다. 엄마의 그런 말을 듣고도 아버지는 좋다고 웃었다.

병원에 있는 엄마 방에 들어가니, 엄마는 수술실에 들어가고 자리에 없었다. 안 그래도 비좁은 책상이 온갖 책과 자료들로 가득 차 있었다. 책 더미 사이로 액자가 보였다. 가족들 사진이었다. 월넛 액자에는 파일럿 복장의 아버지가 포즈를 잡고 있었고, 검은 철제 테두리 액자에는 대여섯 살 무렵의 도와 내가 어깨동무를 하고 찍은 사진이 들어 있었다. 사진 속에서도 도는 의젓했다. 정면을 주시하고 있는 도와 어깨동무를 하고서 머리를 도의 어깨에 기댄 채, 입에 쭈쭈바를 물고 있는 나는 몹시 부산스러워 보였다. 하지만 사진 속의 우리 둘은 같은 표정이었다. 활짝 웃고 있었다. 너도 나도 더하고 덜할 것 없이 환하게 웃고 있었다.

액자를 들고 한참 동안 사진을 관찰했다. 사진 속에 내가 모르는 도가 숨어 있지는 않은지, 나는 도의 마음을 속속들이 들여다보고 싶은 심정이었다.

"그거 여섯 살 되던 해 봄인가. 그 사진 찍을 때까지가 제일 예뻤지, 너희 둘."

엄마였다. 방금 수술을 끝냈는지 초록색 수술복 차림이었다. 물을 벌컥벌컥 마시더니 페트병을 손으로 우그러뜨렸다. 괴력의 백발 마녀가 아버지는 도대체 어디가 좋아서 만난 지 겨우 한 달 만에 청혼한 걸까.

"왜 사진 찍을 때까지만이야?"

"생각 안 나?"

"뭘?"

"너랑 도, 그 사진 찍은 다음 날 할아버지 생신 때 대형 사고 쳤잖아."

내 인생에 대형 사고는 요즘 내 앞에서 벌어지는 일들뿐이다. 가늠할 길이 없다는 듯 어깨를 으쓱하자, 엄마가 "허!" 콧방귀를 뀌었다. 작은 냉장고에서 사과를 꺼내더니, 엄마는 나에게 먹어 보라는 권유도 없이 혼자서만 사과를 아작아작 씹었다. 과즙이 입가로 흐르자, 손등으로 쓱 문질러 수술복에 닦아 버렸다.

"생일 케이크 자르려는 순간에 너희 둘, 쌍둥이가 하늘을 날았잖냐."

"하늘? 날아?"

"슈퍼맨, 기억 안 나셔?"

그래, 슈퍼맨이 되고 싶었던 적이 있었다. 둘이 똑같이 슈퍼맨이 되자고 약속하며 슈퍼맨이 되기 위해 온갖 훈련을 한 적이 있었다. 수건을 나란히 목에 두른 채 골목을 뛰어다니고, 미끄럼틀에 올라가 뛰어내리기도 하고 그네를 타다가 멀찍이 뛰어내리기도 하면서 도와 나는 슈퍼맨이 되기 위해 부단히 몸부림쳤다.

할아버지 생신날에도 마찬가지였다. 어른들이 모두 식사하는 틈을 타, 현관에서 정원으로 이어지는 계단의 난간을 타고 날았다. 봄날이었고 마당에는 벚꽃과 모란, 개나리가 피어 있었다. 바람이 불고 꽃잎이 흩날렸던 기억이 있다. 몸이 공중으로 붕, 떠오른 건 순간이었다. 공중을 날아 마당 구석에 거꾸로 처박혔다. 둘이 함께 뛰지 않았다면 괜찮았을 수도 있었다. 잊고 있던 사실이 생각났다. 여섯 살의 나는 겁이 많았다. 그러나 도는 겁이 없었다. 무서워, 라는 내 말에 도는 아무 말 없이 고개를 끄덕여 보였다. 그리고 내 손을 잡고 같이 하자고 했다. 그 순간, 하나도 무섭지 않았다. 할아버지 댁의 발걸레를 목에 두르고, 우리는 난간 위에 올라섰다. 더 빠르게 날기 위해서 창고에 있던 스케이트보드를 꺼내 그 위에 올라앉았다.

"날아라, 슈퍼맨!"

스케이트보드의 바퀴는 마하의 속도를 내며 난간을 따라 하늘을 날았다. 스케이트보드가 땅바닥에 내동댕이쳐졌고 엄청난 공포감이 엄습했다. 몸이 공중에 붕 뜨는 순간, 너무 무서워 울음을 터뜨리려는데 내 손을 꼭 쥐는 도의 손. 무서워하는 나를 위해 스케이트보드 앞에 앉았던 도가 자기 허리를 꼭 붙든 내 손을 꽉 잡아 주었던 것이다. 둘이 바닥에 굴러 마당 구석에 처박히는 순간에도 도는 내 손을 놓지 않았다.

비명 소리가 들리자 어른들이 허둥대며 마당으로 나왔다.

"이놈의 슈퍼맨이 애들 잡네, 잡아! 가만두지 않을 거야!"

할아버지는 그날, 생일 케이크의 촛불을 끄지 못했다. 할아버지가 좋아하는 고구마케이크였는데. 우리가 구급차에 실려 병원으로 가는 내내, 엄마는 슈퍼맨을 욕했다. 아주 심한 욕이었다. 그 무렵 우리가 쓰던 바보 멍청이 따위와는 비교도 안 될 정도로 못된 욕들이었다. 나는 엄마한테 슈퍼맨을 욕하지 말라고 외치고 싶었지만, 엄마가 너무나 화가 난 상태여서 말할 수가 없었다.

"엄마, 슈퍼맨은 잘못하지 않았어요. 그만 욕해요!"

도였다. 도는 코피를 계속 흘리고 있었다. 그리고 왼쪽 팔이 부러졌다. 나는 턱 밑이 찢어지고 오른팔이 부러졌다.

우리는 부러진 팔이 다 나을 때까지 '둘이서 껌' 놀이를 해야 했다. 계속 붙어 다니는 놀이였다. 도는 오른팔이 부러진 나를 위해 밥을 먹여 줬다. 나는 왼팔이 부러진 도를 위해 바지나 팬티를 입을 때 내 왼팔을 빌려줬다. 가끔 칫솔에 치약을 짜 주기도 했다. 밥 먹는 것 빼고는 도보다 내가 더 도를 많이 도와줘야 해서 '둘이서 껌' 놀이를 그만하고 싶다고 엄마한테 애원했지만, 엄마는 슈퍼맨한테나 항의하라며 나를 무시했다.

그럴 때마다 도는 미안한 얼굴로 나한테 약속했다.

"율. 나중에 내가 슈퍼맨 되면 너랑 꼭 같이 하늘 날 거야."

거짓말이라고 소리치려 했지만 도의 표정이 하도 진지해서 나도 모르게 고개를 끄덕이고 새끼손가락까지 걸어 버렸다.

그 예전의 기억을 나는 하나도 잊지 않고 있었다. 나이가 들면서 서로 나누는 말수는 점점 줄어들었지만 누가 뭐래도 우리는 쌍둥이 형제였다. 절벽에서 뛰어내릴 때도, 머리가 깨져 응급실에 실려 갈 때도, 엄마한테 욕을 먹을 때도, 도가 내 곁에 없던 적은 단 한 번도 없었다.

엄마가 책상 앞에 앉았다. 손에 핸드크림을 꼼꼼히 바르더니, 웬일로 여기까지 왔냐는 시선을 던졌다.

"엄마. 엄마는 도가 어떤 마음으로 줄 위에 서는지 알아?"

"……."

엄마가 핸드크림 뚜껑을 놓쳤다. 동그랗고 작은 뚜껑이 바닥에 굴렀다. 한참을 구른 뚜껑이 소파 아래로 들어갔다.

"알았어? 그래서 도는 줄 위에 서도 되고 나는 안 된다는 거였어?"

도가 타는 줄은 되고 내가 타는 줄은 안 된다는 엄마의 법칙을 나는 아주 조금은 이해하고 싶은 기분이 들었다. 엄마가 나의 라인은 무조건 안 된다고 했을 때 어째서 나는 선택받지 못하는 것일까 화가 났다. 하지만 엄마의 말은 나를 참을 수 없게 만들었다.

"율아, 도가 친모를 찾았었나 봐. 친모가 연락을 해 왔어."


온 집 안의 문이란 문은 다 열었다. 그 어디에도 도가 없었다. 공부방 문을 열자, 컴퓨터 모니터가 눈에 들어왔다. '날아라, 슈퍼 다리'의 동영상 창이 떠 있었다. 도, 자기 모습이 찍힌 동영상을 전부 삭제한 모양이었다.

"개자식!"

나는 이층으로 올라갔다. 욕실에서 물소리가 들렸다. 샤워 중인가 보다. 다짜고짜 문손잡이를 흔들었다.

"안에 있어. 아래층 화장실 써."

"웃기시네. 문 열어, 부숴 버리기 전에!"

안에서 더는 대꾸가 없었다. 세찬 물소리만 들려올 뿐이었다. 나는 문손잡이를 미친 듯이 흔들다가 몸을 날렸다.

"야, 이율! 미친 거 아냐? 아래층 쓰라고!"

"문 열어! 당장!"

손잡이를 흔들고 문을 향해 주먹을 날렸다. 문을 부수고라도 녀석의 멱살을 잡고 싶은 심정이었다. 성난 황소처럼 문을 향해 돌진했다. 문이 부서졌다. 샤워하던 도를 향해 돌진했다. 샤워 부스 안에서 우리는 한데 뒤엉켰다.

"네가 사람이야? 그러고도 네가 내 형이야? 뭐? 친엄마를 찾아? 이 개새끼야, 백발 마녀가 우리 엄마 아니면 누가 우리 엄만데?"

"그만해! 이율, 네가 뭘 알아?"

"내가 모르는 게 뭔데? 너, 태어나면서부터 내 쌍둥이잖아. 더 이상 알아야 할 게 뭔데? 이 개자식아!"

온몸이 흠뻑 젖는 것도 잊은 채, 우리는 욕실 바닥을 뒹굴었다. 거친 숨을 몰아쉬면서 서로의 약점만 골라 가며 주먹을 날렸다. 주먹 표면에 맞는 도의 맨살이 차가웠다. 한참을 주먹질 끝에 둘 다 지쳐서 샤워 부스 벽에 기대앉았다. 알몸의 도를 보고 있자니, 이게 무슨 짓인가 싶었다.

몸에 착 달라붙은 셔츠를 벗어 도에게 던졌다. 물기 때문에 도의 가슴팍에 맞고 떨어진 셔츠에서 '착' 하는 소리가 욕실에 울렸다.

"가려, 새끼야."

도가 내 셔츠를 집어서 사타구니를 가렸다. 바닥에 떨어진 샤워기가 요동을 치고 있었다. 몸을 일으켜 수도꼭지를 잠갔다. 어디서부터 어떤 이야기를 어떻게 풀어 가야 할까. 꺼내도 좋긴 한 이야기일까. 그냥 모른 척 넘어가야 하나. 하지만 그러기엔 늦었다. 턱을 맞은 자리가 부풀어 오르는 것 같았다. 턱이 얼얼했다. 나는 천천히 아래턱을 움직여 봤다. 신음이 저절로 나왔다.

"줄에 오른 게 친엄마 때문이야?"

"아니."

"그런데 왜?"

"중학교 1학년 때 네가 나더러 말 못하는 거 아니냐고 농담했었지?"

그랬다. 녀석이 급속도로 말을 잃은 시기였으니까. 부끄럼 타는 계집애가 되는 것 아니냐고 장난처럼 놀리곤 했다. 반대로 나는 사춘기를 겪으며 쓸데없이 말이 많아진 경우라서 그저 별일 아니라고, 별일이 있을 거라고 상상도 못 했으니까.

"나, 살면서 단 한 번도 내가 너랑 친형제가 아니라는 것, 입양된 자식이라는 것, 혼혈이라는 것, 누군가에게 버려진 존재였다는 것…… 생각해 본 적 없었어."

도의 무릎이 까졌는지 피가 흘렀다. 아마도 쓰라릴 것이다.

"중학교 때였어. 누구라고 말은 못 하지만…… 내가 이 집의 친아들이 아닌 것에 대해, 미혼모에게 버려진 존재라는 것에 대해 떠들어 대는 것을 참을 수가 없었어. 그들한테 화를 내고 대들어도 현실은 바뀌지 않는다는 걸 나는 너무 잘 알고 있었거든. 내 잘못이 아닌데 왜들 그러느냐고 덤빌 수도 없었어."

"야이, 진짜……. 너, 맹추야?"

"그런 거지, 뭐."

이도, 도 닦는 소리나 하고 앉아 있는 거냐고 자상하게 물을 수도 있었지만 나는 그러지 않았다. 한집에서 한솥밥을 먹으며 살을 부대끼고 살았지만 도가 그런 일을 당하고 마음에 담아 두고 있었다는 것 자체를 상상조차 하지 못했다.

"율. 나, 새하얀 도화지 위의 빨간 점이 되기 싫었다. 그게 나야."

도가 그렇게 세상을 의식하고 있는 줄 몰랐다. 도의 심장 속으로 파고들 수 있었다면, 적어도 늘 무표정한 도의 얼굴을 내가 일그러뜨리는 일은 없었을 것이다.

"이 바보 같은 새끼야, 나한테 말했어야지. 네가 무슨 예수냐? 부처야? 뭐가 현실이 안 바뀌어? 그렇게 말하는 인간들 정신을 바꿔 버리면 되지."

나는 몰랐다. 도가 자신의 정체성 때문에 혼란스러워하고 고민하고 있는 줄은 꿈에도 몰랐다. 우리는 태어난 순간부터 한 가족이었다. 누가 뭐래도 형제였고 한 핏줄이었다. 적어도 나에게는 그랬다.

"내가 혼혈이라는 것도, 입양되었다는 것도, 누군가에게 버려졌다는 것도…… 잊고 싶었어. 여태껏 신경 쓴 적 없는 사실이 갑자기 현실로 다가오자, 어떻게 해야 할지 몰랐거든. 그러다가 줄을 타게 됐지. 그 위태로운 줄 위가 오히려 더 낫겠다는 생각이 들었거든."

도는 혼자서 그 위태롭기 짝이 없는 줄 위를 외롭게, 묵묵히 걷고 있었던 거였다. 취미나 흥미 때문이 아니라, 삶의 무게를, 인생이 자신에게 던져 준 무게를 아무에게도 의존하지 않고 혼자 이겨 내고 있었던 것이다.

사람에게는 누구나 사정이라는 게 있기 마련이다. 나도 잘 알고 있다. 그렇지만 도의 사정이라는 것만큼은 이해하고 싶지 않았다.

"줄 위에서는…… 내 길을 그냥 걸어만 가면 되니까. 줄 위의 세상에선 그게 가능하니까. 엄마랑 아버지한테 이렇게 말하고 줄 타는 것을 허락받았어."

"별 소릴 다 하면서 허락받았네."

마음과 다른 말이 튀어나왔다. 물로 범벅이 된 얼굴을 팔로 쓱 닦았다.

"이율, 이제 알겠지? 내 줄과 네가 타는 줄이 왜 다른지."

나는 도가 더는 외롭지 않았으면 좋겠다. 줄 위에 혼자 서 있는 도의 모습은 사절이다. 그래서 나는 도에게 손을 내밀었다.

"이제부터 네가 타는 줄과 내가 타는 줄, 똑같을 거야."

무슨 소리냐는 듯, 도가 나를 올려보았다.

"절대 줄 위에 널 혼자 내버려 두지 않을 거니까."

나는 강제로 도의 손을 잡아 일으켰다. 도의 중심에 얹혀 있던 내 셔츠가 스르르 미끄러졌다.

"가려, 새끼야."

마주 잡은 도의 손은 뜨거웠다.

# 하늘은 무너지지 않아

정지현은 환상적이었다. 다른 건 둘째 치고 보디라인이 끝내줬다. 우리는 프랑스 영화의 한 장면을 연출할 것처럼 푸른 초원 위에 빨강과 초록 체크무늬 담요를 깔고 와인을 마셨다. 정지현은 의외로 술이 셌다. 와인을 보리차 마시듯 벌컥벌컥 마셨다. 내가 알던 정지현이 아니었다. 허벅지까지 올라간 치마를 입은 정지현이라니!

그런데 그 짧은 치마가 갑자기 정지현의 다리를 꽁꽁 감싸더니 커다란 지느러미로 변했다. 인어공주로 돌변한 정지현을 보고 나는 뭘 어떻게 해야 할지 몰라 허둥댔다.

"이율, 내가 인어공주로 보여?"

묘한 미소를 짓던 정지현이 무릎걸음으로 내게 다가왔다. 나는 마른침을 삼키며 정지현을 주시했다. 흑요석처럼 빛나는

186

정지현의 눈을 피해 오똑한 콧날과 선이 또렷한 인중, 새빨간 입술을 지나 목으로 내려갔다. 목울대가…… 있다! 정지현은 분명 여자인데 Adam's apple이라니! 정지현의 목으로 손을 뻗으려는데, 정지현이 자기 셔츠의 가슴팍을 제 손으로 열었다. 나는 비명을 지르며 눈을 감았다. 분명, 흉몽이었다.

전화벨이 미친 듯이 울렸다. 며칠 전부터 알 수 없는 번호로 전화가 걸려 온다. 번호는 계속 바뀌었지만 나는 누군지 안다. 도와 내 동영상을 보고 인터뷰를 요구했던 사이비 기자였다.

"안 해요! 안 한다구요! 자꾸 전화하면……. 네에? 누구라구요?"

침대에서 벌떡 일어났다. 하늘이 무너져도 솟아날 구멍이 있다는데, 하늘이 무너지는 것을 못 봤으니 솟아날 구멍을 찾을 이유도 없었지만, 오늘은 그야말로 심봤다!

광고 회사였다. 이름만 대면 아는 스포츠 용품 회사에서 도와 나를 모델로 하고 싶다는 것이었다. 머리 위로 그 회사에서 출시한 최신 모델의 스니커즈가 스쳐 갔다. 바람막이와 추리닝도 최고였다. 그 회사 제품의 트레이드마크인 세 개의 줄은 줄을 타는 도와 나에게 딱이었다. 줄 하나는 도, 줄 하나는 나, 나머지 줄 하나는 그 회사를 상징하는 콘셉트로 가면 좋겠다고 말해 볼까. 광고의 귀재라며 나에게 억대 연봉을 제시하는 건 아니겠지?

전화를 끊고 소파에 앉았다. 땅콩 잼을 바른 쿠키를 손으로 돌려 떼어 내며 놀란 가슴을 진정했다. 나는 쿠키에 발린 땅콩 잼을 이로 긁어 먹었다.

옥탑방 옥상에 누워서 보는 하늘은 뭔가 특별할 줄 알았는데 별거 없었다.

"할 거야, 말 거야? 좋은 기회라고."

손 사부가 재촉했다. 열여덟에 이토록 많은 선택을 해야 하는 인생이라니! 참으로 피곤하다. 평상을 가로지르는 빨랫줄 덕분에 하늘 위를 가로질러 걸려 있는 손 사부의 빨간 물방울 무늬 팬티가 눈에 아른거렸다. 주황색 형광 빛깔의 나일론 빨랫줄을 따라 눈동자를 오른쪽에서 왼쪽으로, 왼쪽에서 오른쪽으로 반복해서 움직였다.

"나 혼자 오케이 한다고 해결될 문제가 아니잖아."

"어쨌거나 율이 네가 오케이 하면 50퍼센트는 된 거잖냐. 도한테 잘 말해 보고. 응?"

"아, 모르겠어. 요즘 우리 사이가 좀 그래."

"니들이 무슨 연인이야? 야! 너흰 형제야. 네가 모르면 누가 알아? 월드컵 가기 전에 좋은 경험이 될 거야. 우리 팀 홍보용으로도 쓸 수 있는 최고의 자료고."

이제껏 알고 지내면서 손 사부가 이렇게 적극적인 성격의 사람인 줄은 처음 알았다. 손 사부는 나에게 들어온 광고 제의를 거절하면 자기 손으로 나를 없애겠다고 위협했다.

"이율, 똑바로 대답해. 광고, 욕심 나, 안 나?"

허공을 가로지른 빨랫줄을 따라 비행기가 날아갔다. 한 치의 흐트러짐 없이 일직선으로 빨랫줄을 따라 날아가는 비행기를 눈으로 좇으며 대답했다.

"욕심 나."

"그럼 그러고 누워 있지 말고 얼른 일어나. 일어나서 도한테 가. 가서 함께 뛰자고 해."

도한테 달려간다고 뾰족한 답이 생길까도 의문이지만 그동안 도한테 무심했던 내가 뭘 부탁한다는 것조차 불편했다. 도가 딱 한 번 친엄마를 찾아 나선 적이 있다는 말을 듣고 난 후, 나는 도가 멀게 느껴졌다. 내가 모르는 도의 모습에 당황했다는 표현이 맞을 것이다. 옆으로 돌아누워 괜히 평상 바닥을 손톱으로 북북 긁었다.

"이율, 도전하지 않는 자는 실패한 자야."

옥상 난간 위에 올려놓은 선인장 가시 위로 빛깔이 화려한 나비가 앉았다. 정신 못 차리는 목숨이 여기 또 있네, 나는 자리에서 벌떡 일어났다.


가끔 보면 전생이 궁금한 사람이 있다.

줄 위에 올라서기 전, 나는 거드름을 피우며 주다인에게 조언했다. 더블 페이를 받았으니 어느 정도 레슨비 값을 해 주는 것이 도리였다.

"무서워하는 건 괜찮아. 그건 어쩔 수 없어. 하지만 두려워해선 안 돼."

"알겠어."

"네가 뭘 알아?"

퉁명스레 대꾸했지만, 속으로는 놀란 가슴 진정하느라 애먹고 있는 중이다.

주다인은 발바닥에 초강력 접착제를 붙인 듯했다. 라인이 발에 착착 달라붙었다. 한 번 줄 위로 튕긴 몸이 현란한 공중 동작을 하고 라인 위로 사뿐히 내려앉았다. 발이 라인에서 떨어질 줄 몰랐다. 빙판 위에서 노는 것처럼 점프와 착지를 밥 먹듯이 했다. 딱딱한 얼음과 흔들리는 줄 위로 떨어지는 착지는 분명 하늘과 땅 차이일 텐데도 주다인의 동작은 노련했다.

도 역시 주다인의 동작에 놀란 눈치였다. 주다인의 전공인 피겨스케이팅으로 치자면, 클린 연기였다.

나는 도를 피하는 중이다. 욕실 사건 이후, 우리는 서로 말을 섞지 않는다. 도야 원래 말수가 적었으니 속내가 어떤지 알 수 없었지만, 나는 몹시 혼란스러운 감정에 휩싸여 있었다. 형제라는 놈이 줄 위에 선 도의 속내도 알지 못했으면서 내 욕심 차리자고 슬랙라인 운운하며 떠들어 댔으니. 그래 놓고 지금도 내 욕심 차리자고 갈팡질팡하는 꼴이라니…….

미안하다고 말해야 하나, 뭘 어떻게 풀어야 하나, 정신이 시

190

끄러웠다. 엉킨 실타래는 풀어 본 적도 없고 그런 것쯤은 그
냥 가위로 싹뚝 잘라 버리면 그만이라고 생각하는 나로서는,
그야말로 난감 백배다. 그래도 사내라면 깨끗이 사과하는 게
맞는 거다. 황금 같은 휴일에 슬랙라인을 하려고 공원에 나와
준 도의 행동을 해석하자면, 녀석도 나에게 무언의 용서 메시
지를 보내고 있는 것 아닐까.

　욕실을 나뒹굴면서 생긴 것인지, 도의 왼쪽 광대뼈 부근을
물들이고 있는 푸른 멍 자국이 내 고개를 절로 떨구게 만들었
다. 사춘기 사내 녀석답지 않게 유난히 깨끗하고 투명한 도의
피부에 생긴 푸른 멍 자국은 냉장고에 방치해 둔, 찌개용 두
부 표면에 핀 푸른곰팡이 같았다.

　블로그를 통해 가입한 신입 회원들을 위해 줄 타는 기본자
세를 가르쳐 주고 있는 도의 표정은 진지했다. 도의 설명을
듣는 신입 회원들은 마치 천 길 낭떠러지를 횡단해야 하는 임
무를 맡은 사람들처럼 심각한 표정이었다. 설명을 끝낸 도가
바닥에서 20센티미터 높이에 걸어 놓은 라인 위에서 균형을
잡고 한 명씩 걸어 보는 연습을 시켰다. 그들 옆에서 함께 숨
쉬고 잘못된 자세를 잡아 주는 도는 줄타기를 대한민국 국기
로 만들 요량인 듯했다. 발바닥 위치를 직접 잡아 주고 있는
도의 곁으로 슬그머니 다가섰다. 등 뒤에 섰는데 녀석은 내
발소리를 읽기라도 한 듯, 무심하게 말했다.

　"사과하지 마, 율. 네 사과 같은 거 바라고 내 옆에 둔 거 아

니니까."

너무나 쿨한 도의 태도에 나는 붕어마냥 뻐끔거렸다. 도가 내 옆구리를 쿡 찌르더니 건너편 라인 위에 선 주다인을 슬쩍 가리켰다.

"쟤야말로 줄타기의 신동 아닐까? 슬랙라인 대회, 쟤 내보 내라. 그게 더 승산 있겠어."

"오버하지 마."

라인을 밟고 몸이 공중으로 튕겨 오를 때면 주다인의 얼굴 에 햇살이 가득했다. 세상의 모든 빛이 주다인의 얼굴을 종착 점으로 아는 것 같았다. 애써 부인했지만, 마음속으로 작은 파 도가 일렁이고 있음을 외면할 수 없었다.

"이율, 사내답게 인정해. 눈으로 보고도 그런 소릴 해? 주다 인 어때?"

"뭐가 어때?"

나는 도가 무슨 의도로 질문했는지 안다. 하지만 입 밖으로 는 딴소리를 했다. 쑥스러움 때문일 수도 있고, 내 마음을 정 확히 인지하지 못한 미숙함 때문일 수도 있었다.

"뭐랄까? 주다인, 주다인, 주다인……. 그래! 그리스 신화로 따지면 헤라처럼 무서운 본처 같은 계집애고, 우리나라 옛이 야기로 따지면 독하기 짝이 없는 뺑덕 어멈 정도?"

"너무한 거 아냐?"

"뭐가 너무해? 헤라? 뺑덕 어멈?"

"공중 동작 봐라. 꽃같이 하늘거리는 여자애잖아."

"꽃 같은 소리 하네. 그래, 잡초도 꽃이라면 풀꽃으로 쳐주자."

주다인은 진짜 잡초 같은 애였다. 그동안 내가 자기를 무시하고 괴롭힌 세월이 얼마인데 아직도 나한테 사랑 타령인지 도통 이해할 수가 없다. 시시때때로, 줄기차게, 포기하는 법 없이! 일반적인, 그러니까 제정신이 있는 여자애라면 자존심이 상해서라도 저 싫다는 남자 따윈 거들떠보지 않을 것이다. 그런데 주다인, 애는 취향이 사디스트인지 마조히스트인지, 내가 밟으면 밟을수록 웃는다. 어느 순간, 그 헤헤거리는 얼굴이 싫지 않게 느껴지니 나도 큰일 났다.

집 근처 공원에서 하는 슬랙라인 강습이 우리 또래 아이들 사이에 소문이 났는지, 아이들이 제법 모여들어 우리를 구경했다. 나는 화려한 스킬로 구경꾼들의 시선을 사로잡으려 종종 과도한 점프를 선보였다. 그러나 정작 구경꾼들의 절대적인 응원을 받은 사람은 도였다. 왜 광고 회사에서 꼭 도와 함께 찍어야 한다고 강조했는지 알 것 같았다. 구경 온 여학생들에게 도는 신적인 존재였다. 라인계의 얼굴 마담이라고나 할까.

"이도, 할 말이 있는데……."

매도 먼저 맞는 게 낫다고 했지만, 입을 떼기가 쉽지 않았다. 내가 계속 머뭇거리자 도가 어깨를 툭 치며 아무렇지 않게 말했다.

"그냥 해."

"뭐…… 뭘?"

"광고 말이야. 상관없으니까 찍어. 비행기 표도 사야 하잖아."

귀지를 판 지 얼마나 됐다고 환청이 들리나. 그럴 리가 없다. 나는 도에게 광고 얘기는 입도 뻥긋하지 않았다.

"어떻게 알았어?"

"손 사부가 어제 전화해서 알려 주던데? 무조건 해야 된다고."

손 사부가 괜한 얘기는 하지 않았는지 걱정되었다. 옥탑 평상에 누워 해가 질 때까지 광고 얘기를 해야 하나 말아야 하나로 난간 위의 선인장 가시 수를 세었다는 얘기는 하지 않았어야 하는데 말이다.

"다른 말은 없었어?"

"흠…… 글쎄……."

공중에서 회전 동작을 시도하던 주다인이 땅바닥에 굴렀다. 나는 눈을 질끈 감았다. 요 며칠, 얘는 피겨스케이팅 대신 슬랙라인에 빠져 라인 위에서 허우적대는 중이다. 무슨 이유인지 주다인 엄마도 피겨스케이팅을 빼먹는 주다인을 혼내지도 찾지도 않는 것 같았다. 지나가는 말로 피겨 안 하냐고 물었더니, 짧게 "글쎄."라고만 대답할 뿐이었다. 백발 마녀 말에 따르면 주다인이 사춘기를 겪고 있다고 했다. 열여섯에 사춘기라니! 시대가 어느 시댄데 다 늦은 열여섯에 사춘기를 겪는단 말인가.

하지만 내 마음속 말은 그냥 묻어 두기로 했다. 사춘기의 체형 변화 때문에 주다인 나름의 힘든 시간을 보내고 있는 것 같았기 때문이다. 예전에 주다인은 길을 걷다가도 도약해서 휘리릭, 점프를 시도했다. 우아하게 공중 동작을 선보이며 알아듣지도 못하는 나에게 "이건 트리플 악셀, 아까 건 더블 토룹"이라고 떠들어 댔다. 하지만 오늘의 주다인은 그냥 길을 걸었다. 어쩌다 장애물을 만나면 습관적으로 점프 동작을 하려다가 멈칫하곤 했다.

무릎에 묻은 흙을 털고 일어난 주다인이 다시 라인 위에 발을 올렸다. 흔들흔들, 위태롭기 짝이 없는 동작을 하고도 좋다고 웃었다. 이제 멀리서도 주다인 얼굴에 드러나는 작은 변화가 오롯이 보인다.

"이율."

"어? 왜?"

"다음부턴 할 말 있으면 그냥 너답게 질러. 괜히 남의 집 선인장 가시 세지 말고. 광고, 너랑 같이 찍을게."

도는 무뚝뚝한 투로 말했지만 얼굴에는 웃음을 참고 있는 기색이 역력했다. 다음에 손 사부의 옥탑방에 가면 제일 먼저 말라비틀어진 선인장 화분부터 치워 버려야겠다.

"서두르자. 엄마 오시기 전에 저녁 준비해야지. 오늘 설거지, 너다. 들어가는 길에 파스타 재료 사 가자."

나는 파스타가 아니라 바싹 구운 삼겹살이 먹고 싶었다. 도는 삼겹살을 과자처럼 바삭하게 잘 구웠다. 광고도 함께 찍겠다는 이 기쁜 날에 삼겹살이 없어서는 너무 아쉽지 않은가. 아쉬워하는 내 표정을 읽었는지, 도가 선심을 썼다.

"율, 대신에 베이컨 사 줄게."

백발 마녀는 내 손에 절대 지갑을 쥐여 주지 않았다. 우리 집 생활비는 모두 도의 손에서 결제된다. 중학교 2학년까지는 번갈아 가면서 생활비를 관리했는데, 중2 여름에 내가 생활비를 들고 사업을 시도하다가 망하는 바람에 신뢰를 잃어버렸다.

그때 나는 남해 바닷가에서 피서객들을 상대로 논스톱 서비스 사업을 추진했다. 의도와 계획은 좋았다. 주문자에게 간단한 음료와 컵라면, 고무 튜브 등의 물놀이 용품까지 한꺼번에 제공하는 논스톱 서비스. 시작도 나쁘지 않았다. 그 지역의 기존 업장 관리인들을 만나지 않았다면 대박을 냈을 가능성도 있었다. 그러나 세상은 중2짜리들에게 호락호락하지 않았고, 나만의 사업을 하기엔 나와 내 친구들의 인내심과 의지력, 배포가 제로였다는 사실이 아쉬울 따름이었다.

"도, 베이컨 좀 넉넉히 사. 그런데 왜 하필 저녁 메뉴가 파스타야?"

"광고, 그냥 찍을 수 있어?"

"어?"

도가 왼쪽 입술 끝을 지그시 깨물었다. 뭔가 안 풀리거나 답답할 때면 나오는 도의 버릇이었다.

"광고 찍는 것도 알바잖아. 우린 미성년이고 부모님 동의서 같은 거 있어야 하는 거 아냐?"

'아, 부모님! 백발 마녀!'

눈앞이 깜깜해졌다. 해가 지지 않은 공원의 모든 풍경 빛깔이 잿빛으로 변해 갔다. 철쭉이 만개한 덤불 속에서 검은색 얼룩무늬 고양이가 튀어나왔다. 꿈에 검정고양이를 보면 재수가 없다는데, 검정 얼룩 고양이는 얼룩소도 아니고 뭐라고 해석해야 할까.

"그래서 파스타 하는 거야. 엄마가 제일 좋아하는 알리올리오."

역시 도는 나보다 한 수 위였다. 나는 도를 향해 엄지손가락을 아낌없이 들어 보였다. 도가 그러는 내 엄지손가락을 꾹 눌러 접더니 정중한 목소리로 저녁에 내가 할 일을 알렸다.

"율, 마늘이나 까."

사과는 구렁이 담 넘어가듯, 그렇게 스리슬쩍 자연스럽게 이뤄졌다. 이게 바로 쌍둥이의 사과법이다.


형형색색 그래피티가 가득한 건물 벽에 무너지듯 기대앉았다. 30초짜리 광고 하나 찍는 데 이토록 많은 시간과 노력을 요구하는 줄 몰랐다. 장소만 해도 세 군데나 옮겨 가면서 찍어야 한단다. 같은 장면을 벌써 몇 번이나 찍었는지 헤아리다가 포기했다. 도는 카메라 모니터까지 해 가며 감독의 말에 고분고분 움직였다. 더러 포즈를 달리해 가면서 자기 의견을 감독에게 피력하기도 했다.

잠깐 쉬는 시간에 감독이 나를 보고 물었다.

"넌, 공부 못하지?"

내가 라인 타면서 이런 질문까지 받아야 하는 건지 상상도 못했다. 지금이 어느 시대인데 라인이랑 성적을 연결 지으려고!

"왜요?"

"아니, 그냥. 그런 느낌이 와. 이 바닥 사람은 촉이라는 게 있거든. 쟤, 도는 적극성도 있고 말하는 거 보니까 똑똑해."

감독의 말은 대놓고 무시하는 것보다 더 나쁜 놈들이 내뱉는 대사였다. 솎아 놓은 배추처럼 엉킨 감독의 파마머리를 보고 있자니 내 속도 부글거렸다.

"난 말보다 동작으로 보여 주는 편이에요."

"그으래? 오케이, 좀 더 화려한 공중 동작 부탁한다."

아주 사람 부리는 데 도가 튼 인물이었다. 차림새만 보면 부랑자가 친구 하자 할 사람인데, 나의 투지와 경쟁심을 살살 끄집어내는 솜씨가 제법이었다.

감독이 도와 나에게 줄 위에서 동시에 공중 동작을 선보이라고 주문했다. 나중에 따로 찍어 편집하겠지만 도는 전통 줄타기 복장으로 줄 위에서 공중 동작을 하고, 나는 슬랙라인 위에서 공중 동작을 한다. 화면에 하늘이 가득 찬다. 이어지는 장면은 사람들이 붐비는 장소에서 슬랙라인 위를 누비는 모습이다. 라인 위에서 묘기를 부리는 두 소년의 모습을 감독은 카메라에 담고자 했다.

Time on the line!

한마디로, 도는 과거에서 온 줄타기 선수고 나는 슬랙라인을 타는 도의 현재 모습이 되는 것이다.

"잠시만요."

"왜?"

내가 감독의 설명을 막자, 감독이 눈살을 찌푸렸다. 그림을 그려 놓은 콘티를 들여다보다 말고 콧구멍을 후비며 내 말을 들었다.

"그렇게 되면 주인공이 내가 아니라, 도…… 애잖아요?"

북 치고 장구 치고 도 혼자 다 해 먹는 셈이었다. 아무리 형제라도 무대 위의 주인공은 양보할 수 없는 법이다.

"그게 어때서?"

"어때서라뇨? 슬랙라인의 주인공은 저지요. 제가 훨씬 잘 타고 월드컵 대회 나갈 주인공인데."

감독이 뒤엉킨 머리를 벅벅 긁었다. 웨이브 컬이 마구 뒤엉켰다. 엉킨 머리칼 사이로 비듬이 보였다.

"이율. 주인공 얼굴은 말이다, 이런 거야."

감독은 말을 마치자마자 두 손을 모아서 도의 얼굴을 가리켰다. 너무나 공손한 감독의 손동작에 아무 말을 할 수 없었다. 라인 위의 세상에서마저도 외모 지상주의 사고는 비켜 갈 수 없단 말인가!

메이크업 담당자까지 도의 이국적인 얼굴선에 매료되어서 호들갑이었다. 도의 콧날이 자기가 보던 만화의 주인공을 닮았다나 뭐라나. 그러더니 내 얼굴을 만지면서는 여드름 자국이 어쩌고저쩌고하는 말을 잔뜩 늘어놓았다. 여드름은 콧날이 칼날 같은 도의 얼굴에도 찾아왔었다. 이마에 있는 도의 여드름 자국은 조각 같은 외모에 살짝 인간미를 건넨 신의 배려고, 턱에 있는 내 여드름 자국은 평범한 외모를 하향 조정한 신의 실수란 말인가.

신경 쓰지 말라는 듯, 거울을 통해 도가 어깨를 가볍게 으쓱거렸다. 거울 속에 비친 저 어깨를 짓누르고 싶은 마음뿐이다. 운동화며 반소매 셔츠, 바지 등등 모두 신상품으로 치장했는데도 내 기분은 나아지지 않았다.

촬영이 재개되자, 자기가 타야 할 라인 앞으로 가며 도가 말했다.

"율, 라인은 얼굴로 타는 거 아니잖아. 안 그래?"

간단한 한마디에 또다시 키들대고 말았다. 내 전투력을 상승시키는 멘트였다. 도는 확실히 머리가 좋은 녀석이다. 화려한 색상의 하이탑 운동화 끈을 다시 고쳐 묶었다. 그리고 카메라가 돌자, 나는 도에게 엄지손가락을 내밀어 보였다.

바람 빠지는 소리가 나더니, 녀석이 소리 내어 웃기 시작한다. 그 웃음소리가 단단해서 나는 참 좋았다. 세상의 그 어떤 어려움이나 슬픔도 간단하게 부숴 버릴 수 있는 단단함이 도의 웃음 속에 숨어 있었다.

나는 제자리에서 풀쩍 뛰어올라 라인 위로 몸을 던졌다. 도의 단단한 웃음을 발판 삼아 라인 위로 몸을 솟구친다. 허공 위에서 재빠르게 발을 놀렸다. 공중을 걷는 사나이, 이율.

"똑바로 뛰어. 나보다 못난 네 얼굴, 바닥에 안 꽂으려거든."

도가 농담을 다 했다. 어차피 우리 목소리는 광고에서 들리지 않을 것이었다. 비트가 강한 음악에 가려져 우리의 동작만 남을 뿐, 우리가 건넨 말은 그저 우리의 기억 속에만 새겨질 것이다.

"오케이!"

공중제비 돌기를 시도한다. 수십 번 뛰고도 매번 나를 배신한 기술이었다. 탄성 있는 라인 위에서 공중제비 돌기는 만만치 않은 동작이었다. 지상에 자리 잡은 카메라들이 돌기 시작한다. 강한 비트의 음악에 맞춰 뛰어오르고 몸을 비튼다. 머리 끝부터 발끝까지 밀려오는 짜릿함에 긴장했던 얼굴의 근육이 부드럽게 풀렸다. 줄 위에서 나는 언제나 한 가락의 리듬이 되었다.

줄선생이 나의 공중제비 동작을 보고 나에게 했던 조언이 귓가에 맴돌았다.

'라인 위로 뛰는 순간, 너는 이율이 아니라 공기다. 너는 네가 내뱉는 숨결이고 대기 중에 흩어지는 먼지이고 바람을 가르는 칼날이 되는 거야.'

나는 생각했다. 말 한번 잘한다. 몸은 줄선생의 조언을 쉽게 따르지 않았고 라인은 나를 바닥에 버렸다. 숱한 날들이었다. 전신에 근육통을 느끼며 나는 왜 굳이 전통 줄타기를 배우려고 하나, 스스로에게 질문했다. 대답은 늘 한결같았다. 슬랙라인 세계 대회 우승! 하지만 그건 내가 스스로에게 건 자기최면일 뿐, 흙바닥을 또는 잔디 위를 구를 때마다 내가 왜 이 차가운 맨바닥을 굴러야 하는지 이유를 알지 못했다. 순간의 희열을 위해서 허공에 몸을 내던지는 찰나는 너무나 짧았다.

무서운 가속도로 몸이 라인 위로 떨어진다. 공중에서 도와 눈이 마주쳤다. 두 개의 라인 위에 두 개의 몸. 공중에 솟구친 두 사람의 같은 높이의 시선. 나는 그제야 깨달았다.

나는 온전히 살아 있고 완벽하게 행복하다.

# 이토록
# 아름다운

발끝은 땅을 딛고 섰는데 마음은 줄 위를 날았다. 이쯤이면 숙명이거나 중증이다. 걷는 걸음걸이마다 발끝에 힘이 주어진다. 국어 수행 평가 점수를 엉망으로 받고도 콧노래가 절로 흘러나왔다. 국어는 그런 나를 보고 체념한 듯, "그래, 인생이 국어 수행 평가 점수만으로 결정되는 건 아니니까."라고 애써 위로의 말을 건넸다.

"그럼요. 수행 평가 점수가 바닥이라고 인생 끝난 것도 아닌데요, 뭘."

줄선생을 만난 뒤 처음으로 반가운 소식을 전해 들었다. 줄 선생은 이렇게 기쁜 소식을 수제자인 도에게 먼저 전해야 했는데, 도가 전화를 받지 않아서 내게 먼저 소식을 전한다고 했다. 독일에서 사람이 온다. 아니, 정확히 말하면 우리를 취재하러 온다. 무슨 다큐멘터리를 찍는다고 했다. 우리 전통 줄타기를 찍어 가겠다고 했단다. 줄선생은 마지못해 허락했다는 점을 강조하려는 듯 애써 무심한 투로 통명스레 말했지만, 그역시 들뜬 목소리는 감출 수 없었다.

"이율. 도랑 같이 줄 위에 올라라. 네 줄 위에 올라서 멋지게 축하 공연 해 봐."

전화를 끊고 나는 침대 위에서 방방 뛰었다. 평소 몸에 익지 않았던 허공잽이 동작을 하며 침대 위에서 이리저리 몸을 틀었다. 새롭게 배우는 줄타기 동작이 늘지 않아 슬럼프에 빠져 있던 요즘이었다.

며칠 전, 줄선생은 나를 고깃집에 데려가 전에 없던 자상함을 보여 줬다.

"인생, 살다 보면 죽을 것 같은 일만 가득한 거 같지? 하지만 인생의 굴곡에도 리듬이 있다. 줄 탈 때, 왜 그냥 타지 않고 발놀림을 장단에 맞추는지 아느냐?"

줄선생의 말을 듣고 보니 그랬다. 전통 줄타기건 슬랙라인이건, 줄 위에서 노는 우리는 항상 리듬에 맞춰 움직였다. 서서 돌아서기나 책상다리 동작에는 타령장단, 고전 줄타기를 할 때는 염불에 맞추고 뒤로 걸어가기나 두 무릎 종종 훑기를 할 때면 당악장단에 몸을 움직였다. 슬랙라인 위에서도 흥겨운 리듬은 존재했다. 강한 비트의 테크노 음악도 좋았고, 빠른 박자의 팝이나 밝고 경쾌한 리듬의 가요도 대환영이었다.

"인생이나 줄타기나 결국 흥이다. 줄 위에서 뛰면 솟구치는 순간도 있고 아래로 뚝 떨어지는 찰나도 있지."

얼굴 주름은 멋으로 괜히 생기는 것이 아닌가 보다. 도가왜 줄을 타는지 아느냐고 내게 묻던 그날 밤, 줄선생은 늙은이 주책이라고 치부하기엔 그 무게가 제법 버거운 이야기들을 나에게 늘어놓았다.

"이 지랄 염병 같은 세상에 그 애가 왔다. 줄 위에 선 나를보러. 제 어미도 할미도 내 꼬락서니 보기 싫어 떠난 자리를 지현이가 메우겠다고 찾아온 게야."

줄선생의 혀는 소주에 흠뻑 젖어 잔뜩 꼬여 있었지만, 내뱉는 말은 그 어느 때보다 선명했고 내 가슴에 안착하기에 절절했다.

줄 위에서 그는 숱하게 많은 적과 싸웠다고 했다. 가난과 싸우고, 아내와 자식이 떠난 자리에 서서는 고독과 외로움과 싸웠다고 했다. 백 퍼센트 이해할 수는 없겠지만 수많은 날을 지탱해 주는 그 무엇 하나 없이 줄 위에서 혼자 아등바등대는 줄선생의 젊은 날들이 떠올라 괜히 울컥했다. 불판 위에서 돼지고기가 새까맣게 타들어 가고 있었다. 줄선생의 이야기를 들을수록 내 속도 불판 위 돼지고기 한 점과 다를 바가 없었다.

"허나, 율아. 지금은 봐라."

불콰한 얼굴로 나를 향해 씨익 웃는 줄선생의 모습은 우스꽝스럽다 못해 애처로웠다. 그렇지만 하회탈의 생김에서 뿜어져 나오는 굳건한 무언가가 내 가슴을 벅차게 만들었다. 그것은 오랜 세월 줄 위에서 쌓은 신념이었다.

줄선생은 벌게진 얼굴로 나에게 뜨겁게 외치고 있었다.

'줄 위의 생이 그런 거다.'

인생에서 맞닥뜨리는 그 어떤 것과도 있는 힘을 다해 싸울 수 있는 흥을 주는 것, 그것이 진정한 줄타기다. 나는 정지현이 캐나다로 이민을 간 제 엄마와 할머니의 만류를 뿌리치고 줄선생에게 돌아온 이유를 어렴풋이 알 것도 같았다. 정지현이 부는 피리 소리를 가만히 듣고 있으면 가락 사이사이에서 울리는 떨림과 숨소리가 줄선생을 얼마나 그리워했는지 짐작하게 했다.

"어디야?"

도에게 전화를 걸자마자 다그쳤다.

"빅뉴스야, 빅뉴스! 직접 보고 말해야 하는 거라구!"

녀석은 그냥 말하라고 했지만, 이토록 반가운 소식을 전화로 할 수는 없는 법!


백발 마녀는 진짜 멋있었다. 나를 낳아 준 엄마라서가 아니라, 인간 대 인간으로도 우리 백발 마녀는 충분히 멋있는 사람이었다. 외할아버지는 엄마를 두고 '별나다'는 표현으로 간단히 정의했지만, 엄마는 뭐랄까, 별나다는 표현만으로 끝내기에는 아주 많이 특별한 존재였다. 인간이 상식을 얼마만큼 뛰어넘을 수 있는지 보여 줄 때가 빈번한 사람이었다. 그렇지만 그 상식이 무례하거나 타인에게 피해를 주는 것은 결코 아니다.

엄마가 왜 동영상 때문에 빚어진 일들을 좋아하지 않는지 알 수 있었다. 슬랙라인을 무조건 반대한 데에는 이유가 있었던 것이다. 광고를 보고 질색하며 나에게 "이기적인 새끼!"라고 악을 쓴 엄마를 충분히 이해할 수 있었다. 엄마에게는 지켜야 할 자식이, 보듬어야 할 자식이, 나 말고 도도 있다는 사실을 나는 간과했다.

우리의 근사한 소식을 알리려고 간 병원에서 나는 못 볼 꼴을 전부 봐 버렸다. 우리의 줄타기 공연을 독일에서 다큐멘터리로 소개하는 일 따위는 쇼킹한 사건 축에도 못 낄 만한 일이었다. 광고와 기사를 보고 도의 친모가 찾아왔다. 거짓말 같은, 영화나 드라마 같은 일이 현실에서 벌어졌다.

두 사람 사이에 무슨 말이 오갔는지는 나도 알 수 없었다. 한창 이야기 중일 때 내가 문을 벌컥 열고 들어갔으니까. 막장 드라마에서 보여 주듯, 도의 친모가 친권을 주장하며 백발 마녀에게 돈을 요구했을 수도 있다. 어쨌거나 도의 친모가 잘 자란 도의 친권을 주장하며 돌려달라고 한 것만은 분명했다. 내 입에서 "도는 당신이 돌려달라고 할 때 쉽게 건네줄 수 있는 물건이 아니다!" 하는 말이 나오기도 전에 백발 마녀가 상식을 뛰어넘는 행동을 했다. 내 등을 밀며 도의 친모라는 여자 앞에 나를 앞세웠다.

도의 친모는 백발 마녀보다 어려 보였다. 붉게 물들인 머리칼은 부드러운 미풍에도 바스라질 것처럼 상해 있었다. 무릎 위로 올린 두 손은 짧은 치맛단을 붙잡고 있었는데, 손톱을 물어뜯는 버릇이 있는지 뭉툭해진 손톱 위로 화려한 색깔의 매니큐어 칠이 벗겨져 있었다.

"분명히 말씀드리지만, 난 우리 도, 당신한테 못 줘요."

"내 아들⋯⋯."

여자는 엄마 앞에서 제 할 말을 다 꺼내지도 못했다. 완만한 곡선을 그리는 눈썹이 도와 똑같았다. 여자가 입을 꼭 다물자, 도와 똑같은 볼우물이 뺨 위로 선명하게 나타났다. 여자가 도를 두고 '내 아들'이라는 말을 입 밖에 내자, 엄마는 큰 소리로 비웃었다.

"난 세상에서 이런 신파가 제일 짜증 나요. 도는 절대 못 주니까. 그럼 애, 율을 데려가요. 얜 내가 직접 낳은 애니까. 나도 남이 낳은 아들 18년을 키웠으니, 당신도 더도, 덜도 말고 쟤 18년 데리고 있다가, 쟤가 서른여섯 살 되면 그때 봅시다. 그때 만나서 우리 얘기합시다."

엄마는 나와 여자를 복도로 내몰았다. 한바탕 휘몰아친 태풍 속에서 간신히 빠져나온 기분이었다. 여자는 쾅 닫힌 문을 가만히 보고 서 있었다.

'흉부외과 과장 기나리.'

백발 마녀는 메스를 다루는 솜씨도 훌륭했지만 오늘 같은 날 어떤 모습을 보여야 하는지, 어떤 말을 내뱉어야 하는지 대처하는 솜씨도 그만이었다.

"저…… 어떻게 할까요? 따라갈까요?"

여자가 나를 빤히 처다보았다. 나에게서 도의 모습을 찾기라도 하는 것 같았다. 병원에 도를 버리고 갔을 여자의 마음을 조금이라도 이해해 보려 했지만, 없던 이해심이라는 것이 하루아침에 생길 리는 없었다. 결국 나는 도의 친모를 향해 웃어 줄 수 없었다.

누가 응급 상황에 빠졌는지, 복도가 소란스러워졌다. 응급 콜이 이어졌고, 누군가의 외침과 울부짖는 소리가 울려 퍼졌다.

여자가 복도 끝을 향해 걸어갔다. 나에게 따라오라고 하지 않았다. 앞으로 18년을 이 여자와 같이 살 일은 없어서 다행이었다. 굽 높은 구두를 신고도 소리 내지 않는 여자의 걸음걸이를 보며 도와 닮았구나, 싶었다. 하지만 도와 달리, 리듬이 느껴지지 않는 발걸음이었다. 나는 여자의 걸음걸이를 보며 어쩌면 저분에게는 배웅이 필요할지도 모르겠다는 생각을 했다.

병원 로비 구석에서 여자는 걸음을 멈췄다. 커피 자판기 앞에서 여자가 나를 돌아보며 물었다.

"커피 마실래요?"

"블랙이오."

나는 블랙커피 따위는 마시지 않는다. 너무 썼다. 그런데 왜 블랙이라고 대답했을까. 미처 의식하기도 전에 튀어나온 대답이었다. 난처하기 짝이 없고 결코 유쾌하지 않은 사이였다. '사이'라고 할 만한 친분조차 없는 사람이었다. 나는 여자를 똑바로 바라보지 못했다. 티 나지 않게 슬쩍 훔쳐보는 게 전부였다.

도도 이랬을까. 딱 한 번, 지금 내 옆에 앉아 있는 여자를 만났다고 했다. 도도 나처럼 여자의 생김을 살피면서 어디가 닮았을까, 하는 생각에 혼란스러워했을까. 안 닮아도 난처하고 닮아도 당혹스러울 그런 마음 앞에서 도는 어떤 기분이었을까.

"무서웠어요. 사는 내내 한 번도 무섭지 않은 순간이 없었어요."

밑도 끝도 없는 말이었다. 하지만 어떤 상황에 갖다 붙여도 미루어 짐작할 수 있는 말이었다. 블랙커피는 썼고 내 입에 안 맞았다.

"누구나 무서워요, 사는 동안 내내."

여자는 블랙을 마시지 않았다. 모카커피 향이 코끝에 맴돌았다. 종이컵을 쥔 손이 미세하게 떨렸다.

"이제 알겠네요. 아줌만, 도의 친엄마 아니에요."

고개를 돌리지 않아도 여자가 나를 돌아보고 있다는 것을 느낄 수 있었다. 병원 로비로 사람들이 쉼 없이 드나들었다. 누구는 웃는 얼굴로 병원을 나서고, 누구는 당장 오열할 듯한 표정으로 뛰어들어 왔다.

나는 혼잣말하듯 중얼거렸다.

"도랑 하나도 안 닮았어."

도는 도대체 무슨 마음이 들어서 친모 찾을 생각을 했을까. 궁금했지만 도가 나에게 설명한다고 해서, 자기 심정을 해부하듯 낱낱이 내게 보인다고 해서, 내가 도를 완전히 이해하는 건 불가능했다.

"아줌마는 도랑 달라요. 도는 겁내지 않아요. 줄 위에서도……. 도는 취미로 줄을 타요."

깜짝 놀란 여자가 손으로 입을 가렸다. 바들바들 떠는 손을 보고 있자니, 내가 몹쓸 짓이라도 한 것 같아 마음이 불편했다.

"위험하지 않아요. 도는 와이어 없이도 웃는 애거든요. 걔는 뛰어올라야 할 때랑 발을 단단히 딛고 서야 할 타이밍을 귀신같이 알아요."

여자는 숨을 죽이고 있었다. 누가 우리를 봤다면 그저 긴 의자에 나란히 앉아서 자판기 커피를 즐기는 타인들로 여길 것이다.

'아줌마, 타이밍 잘못 잡으셨어요. 지금은 아니에요, 도를 찾겠다는 거.'

정작 내가 하고 싶었던 말은 이거였다. 하지만 나는 내 속엣말을 꺼내지 않았다. 꺼내지 말아야 한다고 생각했다.

"그런 애가 아줌마 아들일 리가 없어요. 아줌만, 도의 친엄마가 절대 아니에요. 하나도, 하나도 안 닮았어."

닮지 않았다는 말에 나는 힘을 주었다. 그러지 않으면 도가 이 여자를 따라 사라질 것 같은 느낌 때문이었다.

도의 배짱은 엄마를 닮았다. 도의 비상한 머리는 엄마를 닮았다. 우리 엄마, 기나리 여사를 닮았다.

여자가 자리에서 일어나 가 버렸다. 여자가 앉아 있던 자리에 모카커피가 남겨졌다. 커피를 다 마시지도 않았다. 나는 마시다 만 내 블랙커피를 모카커피 잔에 쏟아부었다.

나는 갑자기 엄마가 너무 보고 싶어졌다. 이 여자를 만나고도 울거나 큰 소리를 치지 않고 좌절하거나 불길한 내색 하나 없이 당당히 나와 도를 트레이드할 생각을 했던 엄마가 그리웠다. 자기 아들을 보고자 하는 여자에게 눈 하나 깜짝하지 않고 "노!"라며 의사 표시를 분명히 하고, 그 어떤 마음의 동요 없이 오후 수술 스케줄을 소화하러 수술실로 향했을 엄마가 미치도록 보고 싶었다.

병원 전경이 한눈에 들어오는 자리에 앉아 엄마를 기다렸다. 집으로 혼자 돌아가고 싶지 않았다. 단호한 목소리로 여자에게 지지 않았지만, 혼자 집으로 돌아가는 길 내내 휘청거릴지도 몰랐다.

어둠이 깔릴 무렵이 되어서야 엄마가 병원 문을 나섰다. 대한민국 여성의 평균 키를 넘는데도 오늘은 엄마가 작아 보였다. 백발 마녀다운 포스도 느껴지지 않았다. 나는 "기나리 씨!" 외치며 벤치에서 일어나 손을 크게 흔들었다.

"안 갔네."

"말이 되는 소리야? 그 아줌마도 도같이 잘생긴 아들 데려가고 싶어 하지, 날 왜 데려가겠어?"

"하긴, 그래."

엄마는 지쳤는지, 벤치에 털썩 앉아 버렸다. 벚나무 아래였다. 벚꽃은 지고 없었다.

"엄마, 엄마는 왜 벚꽃이 좋았어?"

엄마에게 내 질문은 분명 남의 다리 긁는 소리쯤으로 들렸을 것이다. 하지만 궁금했다. 다른 건 몰라도 엄마는 도와 내가 커 가는 동안, 매년 봄 벚꽃이 필 무렵이면 벚나무 아래 우리 형제를 나란히 세워 놓고 사진을 찍어 줬다. 그렇게 우리는 벚나무 아래에 열여덟 번을 섰다.

"그러는 율, 넌 슬랙라인이 왜 좋아?"

병실에서 흘러나오는 빛은 어둠이 드리운 벚나무 아래의 우리 모자를 비출 정도로 밝았다.

나는 그 어느 때보다 진지하게 대답했다.

"제대로 살아 있는 느낌이니까. 신나고 흥분되고 그래. 살아 있으니까 줄 위에 올라가고, 늙으면 줄 위에 설 수 있을 만큼의 균형 감각이 떨어질 테니까. 그리고 죽을 테니까. 죽으면 슬랙라인이랑은 영원히 굿바이야."

한 대 맞을 줄 알았다. 그런데 엄마는 그냥 내 얼굴을 빤히 바라보고만 있다. 피로가 쌓였을 텐데도 엄마의 눈빛은 반짝였다. 늘 그랬다. 아버지는 엄마의 눈을 두고 별처럼 반짝이는, 건강한 눈동자라고 했다.

"나도 그래. 벚꽃 핀 모습을 보면 참 아름답게 잘 살고 있구나 하는 생각이 들어. 지고 나면 또 다음을 기대하게 되고."

나는 엄마 손을 잡았다. 백발 마녀의 손은 늘 단단하고 매웠다. 그러나 오늘 잡은 백발 마녀의 손은 작고 보드라웠다. 우리는 집을 향해 밤거리를 손잡고 걸었다. 말없이 내 손에 끌려 걷던 엄마가 조명이 화려한 화장품 가게 앞에서 발길을 멈췄다.

"율아, 내가…… 내가 도한테 잘못하고 있는 걸까?"

백발 마녀답지 않은 소리였다.

"왜? 왜 그렇게 생각한 건데?"

"내가 티브이 막장 드라마에 나오는 주인공 여자 같아서. 너무 뻔하잖아. 친모가 찾아오고, 나는 기른 정 운운하면서 정작 도 처지는 생각도 않고……."

"아니. 아니, 엄마 잘했어. 잘한 거야."

시험지 답지에도 이렇게 단호한 목소리로 답을 쓰지 못하면서 나는 고개까지 끄덕여 가며 엄마를 격려했다.

"그치? 그동안 키운 정성과 노력이 얼만데, 도를 그냥 보낸다면 말이 안 되겠지?"

"그럼, 당연하지! 엄마, 도 성적 알지? 상위 1프로야. 나랑 다른 놈이라구. 앞으로 돈 많이 벌어다 줄 놈이야. 그러니까 꼭 잡아. 알겠지?"

엄마가 환하게 웃었다. 내 물음에 대답하듯, 내 손을 꼭 쥐었다. 화장품 가게 진열대는 벌써 유명 탤런트를 앞세워 여름 신제품을 알리고 있었다. 미백 크림을 손에 들고 있는 포스터 속의 모델을 등 뒤로 하고 엄마는 눈물 맺힌 눈으로 나를 보며 자꾸만 웃었다.

'웃거나 울거나 한 가지만 하지.'

나는 엄마의 손을 잡고 집으로 가는 길 내내, 보도에 일직선으로 그어진 선을 따라 걸었다. 엄마도 함께 선 위를 걸었다.

이토록 아름다운 날이 오는구나, 결국.

# 살판

알퐁스 도데의 〈마지막 수업〉에서 선생이 학생들에게 남긴 마지막 말이 뭐였는지 기억이 나지 않았다.

'잘 가라.'

'언젠가 다시 만날 날을 위해, 안녕.'

'마지막은 언제나 해피 엔딩이다.'

멋대로 이런저런 마지막 말을 떠올려 봤지만 하나같이 유치 뽕짝이었다. 입 밖으로 냈다간 비웃음만 살 멘트뿐이었다. 제법 그럴싸한 말을 주다인에게 남기고 싶었는데, 국어를 울렸던 내가 프랑스 소설가를 울리지 않을 리가 없었다.

"연습 시작하면 바쁘겠지만, 가능하면 구경하러 갈게."

"이제 다 정리된 거냐?"

"응. 역시 난 얼음 위가 좋아. 여긴 더워서 말이야."

언제는 따뜻해서 좋다고 신나 하더니, 이제는 덥다고 다시 얼음 궁전으로 돌아간단다. 사춘기가 오면서 주다인은 정신적으로 육체적으로 많이 힘들어했다. 올림픽에 나가 피겨스케이팅 여자 싱글 금메달리스트가 되겠다는 꿈을 간단히 접을 정도였으니까.

나중에야 알았지만, 속 깊은 도 녀석이 다인이 엄마를 찾아가서 다인이가 슬랙라인을 할 수 있게끔 설득했다. 아무 일 없을 거라고, 즐겁게 줄을 타고 나면 다시 스케이트 끈을 고쳐 묶게 될 거라고 했단다.

도에게 주다인이 제자리로 돌아갈 것을 알았냐고 묻자, 미간을 구겼다.

"내가 그런 걸 어떻게 알아?"

"그럼 다인이 엄마한테 한 소리는 뭔데?"

"그냥 한 말이지."

도 역시 무책임할 수 있다는 사실을 깨달은 순간이었다. 녀석에게도 이런 귀여운 구석이 있다니. 도는 망설이는 다인이 엄마에게 슬랙라인은 균형 감각을 단련하기에 좋은 운동이라, 다인이가 스케이트를 쉬는 동안에도 감각을 떨어뜨리지 않을 거라는 호언장담까지 서슴지 않았다. 어찌 됐건 주다인은 균형 감각은 물론이고, 위태롭게 흔들렸던 제 마음까지 다잡았다. 기특했다. 사춘기가 오면서 갑작스러운 체형 변화에 우울증까지 걸렸다는 주다인. 그러나 주다인은 라인 위에서 누구

보다도 열심이었다. 오르고 넘어지고 오르고 구르는 동작을
반복하면서도 포기하거나 한숨 쉬지 않았다. 나는 이 독한 여
자애에게 눈길이 가기 시작했다.

"오빠, 이거."

"이게 뭐냐?"

동글동글한 분홍 돼지가 그려진 편지 봉투였다.

"마지막 레슨비야."

"오늘은 무료 강습이야."

애정 관계를 떠나서 나는 주다인에게 끝까지 멋진 오빠, 이
율이고 싶었다. 마지막 수업 장소는 우리 집 마당이었다. 오래
된 감나무에 슬랙라인을 설치했다. 작수목을 손수 세우던 줄
선생의 손놀림을 떠올리며 나는 정성스레 라인을 매만졌다.
제자를 위해 줄을 매만지는 행위를 통해 온기를 전하는 셈이
었다.

"앞으로 주다인, 올림픽 시상대 맨 꼭대기에서 보는 건가?"

"아니."

의외의 대답이었다.

다인이가 양말을 벗고 잔디 위에 섰다. 마지막 라인을 맨발
로 느끼려는 모양이었다.

"오빠, 라인 위에선 즐거우면 그만이라며? 일등이고 금메달
이고 다 소용없는 거라고. 나, 얼음 위에서도 즐겁게 탈 거야."

싱긋 웃는 주다인의 얼굴에 햇살이 내려앉았다. 다인이가

라인 위로 올라갔다. 균형을 잡고 라인을 타는 주다인의 발끝은 예뻤다. 수년간 딱딱한 빙판을 가르며 고생한 발답지 않게 예뻤다. 스케이트에 적응하느라 툭 불거져 나온 그 애의 복숭아뼈도 흉이 되지 못했다. 나는 주다인이 눈치채지 못하게 그 애의 발을 향해 손을 흔들어 인사했다.

'수고한다, 작은 발아.'

내일 공연은 단순한 공연이 아니다. 다큐멘터리를 찍는 날이기도 하니까. 세족식을 치르자는 내 말에 백발 마녀는 다 늦은 밤에 무슨 헛소리냐며 잔소리를 했다. 그러나 의외로 도가 오케이 사인을 보냈다. 욕실로 들어가는 우리를 보더니 백발 마녀가 별일도 다 있다며 투덜댔다.

세족식은 뜬금없는 아이디어였다. 아버지는 우리 가족의 발을 잘 만져 주었다. 엄마가 긴 수술을 마치고 집에 돌아온 날에는 아버지의 발 마사지가 기다리고 있었다. 내가 시험을 못 봐서 기운이 빠져 있을 때면 힘내라고 발을 닦아 주며 이런저런 이야기를 건넸고, 도가 너무 책상 앞에만 앉아 있어도 혈액 순환의 중요성을 역설하며 발을 매만져 주었다.

뜨거운 물을 민트색 대야와 붉은색 대야에 나눠 담았다. 온수를 쓰면 그만이었지만, 왠지 정성이 빠진 느낌이 들어서 직접 물을 끓였다. 도가 그러는 나를 보고 "정성이 하늘을 찌른다."고 했다.

도는 변기 위에 앉아, 나는 욕조 끄트머리에 앉아 뜨거운 물에 발을 담갔다. 온기가 발을 에워싸자 두 눈이 저절로 감겼다. 으으, 하는 신음 소리까지 흘러나왔다.

"너, 아버지 발 생각나냐?"

도가 물었다. 나는 눈을 감은 채 아버지의 발을 떠올려 봤지만 잘 생각나지 않았다. 군화 신은 발은 기억나는데, 아버지의 맨발은 아버지의 발 냄새처럼 기억 속에서 휘발되어 가물거렸다.

"아버지 발?"

"응, 아버지 발. 나는 가끔 꿈속에서 아버지 발을 봐. 아버지 얼굴을 보고 싶은데, 아버지는 내 꿈속에서 항상 발만 보여 줘."

나는 다시 곰곰이 아버지 발을 떠올려 보았다. 아버지의 발이 어렴풋이 기억났다. 아버지의 왼쪽 엄지발톱은 살을 파고 들어 가는 발톱이었다. 나는 아버지의 왼쪽 발톱을 꼭 닮았다. 그래서 우리는 발톱을 깎을 때마다 비명을 질러 댔다. 엄마는 발톱을 깎을 때 일자로 깎으라고 조언했지만, 깔끔한 아버지는 발톱을 늘 둥글게 바싹 깎는 바람에 얼굴을 잔뜩 찡그리곤 했다.

모든 것이 다시 분명해졌다. 물에 잠긴 내 발을 물끄러미 바라보았다. 한 치의 오차도 없이 똑 닮은 모양새였다.

"염할 때, 나…… 아버지 발치에 있었잖아. 아버지의 맨발을 그렇게 오래 들여다본 적, 처음이었어. 굳은살이 가득 박였더라, 마라토너도 아닌데 말이야. 발을 보는데 눈물이 왈칵 쏟아졌어. 이 발로 우리를 위해 얼마나 많은 곳을 이리 뛰고 저리 뛰었을까 싶어서."

사뭇 진지하게 고백하는 내 말에 도가 무표정한 얼굴로 말을 이었다.

"제대로 말하면, 이리 뛰고 저리 뛴 게 아니라 전투기를 몰고 이리 날고 저리로 날았지."

나는 벙 찐 얼굴로 도를 바라보았다. 왼쪽 눈을 깜빡거리는 걸 보니, 농담을 시도했다가 실패한 모양이다. 마음 한구석이 물에 젖은 솜사탕처럼 풀어진다. 식어 가는 대야의 물을 발끝으로 톡톡 차 봤다.

"아버지 발과 똑같이 생긴 네 발이 부러웠어. 특히 율, 네 엄지발톱 말이야."

"엄지발톱?"

"저녁에 밥 먹고 나란히 소파에 앉아서 맨발로 텔레비전 보거나 얘기 나눌 때……. 아버지랑 네 엄지발톱이 살 속으로 파고드는 거, 똑같았잖아."

내 고통이 누군가에게는 동경의 대상이 될 수도 있다니. 나는 매끈하게 다듬어진 도의 동글동글한 발톱이 부러웠다. 특히 엄지발톱 속으로 살이 곪을 때면 더더욱 도가 부러웠다. 별걸 다 부러워하다니!

"야, 이도. 그 발이…… 얼마나 아픈지 아냐?"

"글쎄, 모르지. 그래도 아버지랑 똑같이 생긴 발이라면 고통쯤은 감수할 수 있을 거 같다."

약속한 것도 아닌데 둘이 동시에 대야에서 두 발을 들어 올렸다. 그게 신호가 되어 우리는 대야의 물을 발로 차면서 물장난을 시작했다. 물기에 미끄러져서 가랑이가 찢어질 뻔도 하고 서로의 발등을 밟기도 했다. 분명 생김새는 달랐지만 우리 발은 한 가지 공통점을 지니고 있었다.

발바닥이 온통 굳은살투성이였다. 제각기 어디로 뛰어다니느라 이토록 고된 발을 갖게 됐는지 알 수는 없지만 우리의 발은 건강했다. 그리고 우리의 인생에는 아직 굳은살이 돋지 않았다. 굳은살이 돋아날 앞으로의 인생이 기대되는 밤이었다.

분장실의 전신 거울에 잔뜩 긴장한 모습이 비쳤다. 창자가 꼬이고 발가락까지 말리는 기분이었다. 불판 위에서 구워지는 오징어 다리처럼 발끝도 기분도 오그라들었다. 돌아가고 있는 카메라 때문에 애써 의연한 표정을 지어 보이려고 했지만 얼굴 근육이 경직돼서 웃는 것마저 쉽지 않았다. 하지만 나를 기절 직전까지 내몬 사람은 정지현이었다.

'정지현=가능성'이라는 공식이 산산이 부서졌다. 정지현이 응원차 도시락을 싸 갖고 오겠다는 문자를 나에게 보낸 아침까지만 해도 어쩌면 정지현이 나에게도 마음을 두고 있을

지 모르겠다고 믿었다. 하늘이 기회를 주는구나, 생각했다. 그러나 정지현이 하늘거리는 원피스를 입고 촬영장에 등장했을 때, 나는 그만 라인 위에서 추락하고 말았다. 추락하는 것에 날개가 있는지 없는지 따져 볼 겨를조차 없는 순간이었다. 둘이 자웅 동체처럼 딱 붙어서 포옹하다가 나한테 걸린 것이다.

"뭐야, 너희 사귀는 사이였다고? 그럼 줄선…… 아니, 스승님한테 허락해 달라는 건 뭐였어?"

비명에 가까운 내 절규에 도가 난생처음으로 나에게 욕을 했다.

"너, 전두엽에 무슨 문제 있어? 우리 사권 지가 일 년이 넘었는데."

나도 내 전두엽의 상태가 심각하게 의심스러울 지경이었다.

"너네, 그날…… 우리 집…… 대…… 대문 앞에서…… 좋아한다고…… 힘내라고…… 허락받자고…… 허락받는다며!"

말더듬이처럼 입 안에서 단어가 꼬였다. 도와 정지현은 영문을 모르겠다는 표정으로 나를 보았다.

"허락받았는데."

도가 말했다. 이건 또 무슨 소리?

"무슨 허락?"

나도 모르게 버럭 소리를 질렀다. 놀란 정지현이 눈을 깜짝거리더니 볼을 붉혔다.

"슬랙라인과 줄 공연을 함께 할 수 있게 도와달라고. 세계 대회 나가게 되면 도랑 같이 갈 수 있게 허락해 달라고. 어쨌거나 외박하는 거니까.”

“외박? 그것도 도랑? 아이 씨, 진짜!”

내 반응을 본 도와 정지현이 배를 잡고 웃었다. 그래, 니들은 웃기겠지만 나는 좌절이다. 어쨌거나 정지현이 첫눈에 반한 사람이 내가 아닌 도라는 사실에 속이 쓰리기도 했고 슬프기도 했다. 하지만 나를 가장 크게 지배하는 감정은 어찌 되었건 ‘해피 엔딩’이라 행복하다는 것!

“마음 접어. 내 여자니까.”

도가 내 어깨를 툭툭 두드렸다.

“너…… 다 알고 있었어?”

“그럼, 당연하지. 이율, 넌 얼굴에 너무 드러나.”

다른 감정은 모르겠고, 망신스러웠다. 그러면서도 끝났다, 라는 허탈감과 희한하게도 다행이라는 생각이 가슴속에서 뒤엉켰다. 정지현이 분장실을 나서기 전, 나를 안아 주었다. 안아 주면서 내 귓가에 “잘해.”라고 응원의 말까지 건넸다.

귓불이 빨갛게 물들었나 보다. 도가 나에게 펀치를 날렸다.

“야, 이율! 얼굴 따위 붉히지 마. 도대체 무슨 상상을 하는 거야? 정지현, 내 사람이다.”

세상에, 내 사람이라니! 무뚝뚝한 도가 저런 닭살 멘트를 쏟아 낼 줄도 알다니, 사랑의 힘은 무섭다. 도의 배웅을 받으며 정지현이 밖으로 나갔다. 하늘거리는 치맛자락을 보며 나는 웃고 말았다. 결국은 웃게 될 일이었다.

엄마는 분장실로 와서는 한바탕 어울리지 않는 멘트를 쏟아 놓고 갔다.

"난 여태껏 너희처럼 괜찮은 열여덟들을 본 적이 없어."

속이 느끼해지는 엄마의 말에 자상한 아들이었던 도마저 입을 꾹 다물고 외면했다.

독일에서 온 촬영 팀은 우리의 전통 줄타기를 취재하러 왔다가 도와 나의 사연에 더 매력을 느낀 모양이었다. 슬랙라인 세계 대회에 참가하기도 전에 독일에서 유명 인사가 되는 거 아닐까. 마리우스라는 금발의 촬영 감독은 도를 보고 친부가 독일인 아니냐고 묻기도 했다. 서양인들은 타인의 개인사에 지나친 관심을 보이지 않는다고 했는데 그것도 아닌가 보다.

도는 담담한 표정으로 마리우스에게 대답해 줬다.

"아니. 내 친부는 순수 한국인이야. 엄마가 독일인에 가까워. 거침없는 거인 여자거든."

엄마가 들었으면 기함을 할 내용이었다. 나와 도는 배를 잡고 웃었다. 실없는 웃음이 긴장에는 특효약이라는 것을 처음으로 알았다.

"이도, 넌 아무렇지 않아?"

"아니, 긴장돼."

도는 평소와 다를 바 없었다. 거울 앞에 놓인 의자에 앉아 두 눈을 감고 있을 뿐이었다.

"그런데 눈까지 감고 자냐?"

"호흡 조절하는 거야. 떨어지면 죽어, 난."

도의 죽는다는 말에 눈앞이 캄캄해졌다. 죽는다는 소리를 입 밖에 내면서도 수행하는 수도자처럼 도의 자세는 흐트러짐이 없었다.

"이율, 긴장해도 내가 해. 넌 오십 센티 위지만 나는 삼 미터 위야."

오늘 줄타기 공연은 특별했다. 전통 줄타기와 슬랙라인의 만남이었다. 우리의 전통 줄타기를 타는 백인 혼혈인과 독일에서 시작된 슬랙라인을 타는 순수 한국인 형제의 공연! 전통 줄타기 공연에서 볼 수 있는 어릿광대의 땅줄타기 대신 나의 슬랙라인 공연을 선보이는 것이다.

풀 먹인 새하얀 두루마기 자락을 매만지며 라인 위에서 동작을 하며 옷을 벗어 던질 순서를 그려 보았다. 공연 시작 10분 전이라며 공연 관계자가 분장실로 들어왔다. 그 뒤로 한복을 갖춰 입은 어름사니 어른이 보였다. 독일 스태프들이 밖으로 나가자, 어름사니 어른이 비장한 표정으로 도와 내 앞에 섰다. 콧구멍을 실룩거리며 낮은 목소리로 힘주어 말했다.

"저렇게 왔으니, 나가서 줄타기가 뭔지 제대로 보여 줘라. 어쨌거나 우리 줄타기에서 업어 간 것들이니 원조가 이겨야지. 그래야 원조 체면 서는 것 아니냐!"

어름사니 어른의 큰소리에 힘이 솟았다. 어깨가 들썩이고 허리가 곧추서며 장딴지에 힘이 들어가고 발끝이 꼿꼿해졌다.

"받아라."

어름사니 어른이 내 앞에 꾸러미 하나를 툭 던졌다. 흰 주머니였다. 주춤거리며 주머니를 집자, 어름사니 어른이 소리를 꽥 질렀다.

"후딱 못 잡냐?"

"네, 잡았어요!"

주머니를 열어 보았다. 부채였다. 가게에서 흔히 살 수 있는 부채가 아니라 손으로 만든 부채였다. 대나무 살을 반듯하게 펼치고 그 위로 새하얀 한지를 빳빳하게 바른 부채. 새하얀 부채 위에는 먹으로 거침없이 쓴 글자가 자리 잡고 있었다. 힘과 혼이 느껴지는 글씨였다.

## 신명

줄 위에서 내가 품어야 할 말이었다. 내 줄의 새로운 이름이었다.

"이율, 네가 넘고자 했던 빠다들이 제 발로 직접 왔다. 신나게 놀아 봐라."

자신들이 '빠다'로 불리는 것을 알면 독일 촬영 팀이 기겁할지도 모를 일이지만, 나는 어름사니 어른의 유머가 마음에 들었다.

"예, 스승님!"

새하얀 저고리에 파란 조끼를 입은 도는 여느 때보다 빛났다. 야외 공연장으로 향하는 통로를 따라 길고 커다란 창이 가득했다. 창의 형태에 따라 눈부신 빛살이 길게 복도를 메웠다.

햇살 속에서 공기의 움직임에 따라 날아다니는 먼지를 보며 나의 스물여덟, 서른여덟, 마흔여덟, 쉰여덟을 떠올렸다. 나쁘지 않을 것 같은 느낌이 들었다. 무엇 하나 뚜렷하고 구체적인 근거나 확신은 없지만 단 한 가지, 라인 위에 섰을 때처럼 신나는 기분으로 살 자신이 있었다. 흔들리는 라인 위에서도 몸을 가누고 신나게 웃었으니, 내가 서게 될 인생의 그어떤 형태의 라인 위에서도 나는 내 두 발에 의지한 채 점프할 수 있을 것이다.

도가 말했다. 무미건조하고 그 어떤 감정도 실리지 않은 목소리로 말이다.

"열여덟의 너, 나쁘지 않아. 나에겐. 그러니까 너의 스물여덟, 서른여덟, 마흔여덟, 쉰여덟에도 넌 나에게 나쁘지 않을거야."

나는 도의 손에 들린 패랭이를 빼앗아 도의 머리에 씌웠다. 패랭이 양쪽에 가지런히 꽂힌 깃털을 손끝으로 가다듬었다. '둘이서 껌' 놀이를 했을 때도 이렇게 가까이 마주 선 적이 있었다. 자고 일어나면 거울을 보는 대신 서로 마주 보고 서서

228

밤새 새집 지은 머리를 만져 주고, 끝까지 말을 듣지 않고 뻗친 머리칼은 물을 묻히거나 욕실 드라이어를 사용해서 죽였다. 가끔 너무 오랜 시간 드라이어를 머리에 쐰 덕에 뜨겁다고 비명을 지르기도 했지만, 다섯 살의 우리는 멋져 보이는 것이 좋았다.

"오오, 이도! 까리뽕쌈하네."

"그게 무슨 뜻이야?"

"상큼하다고."

녀석이 피, 하고 바람 빠지는 소리를 냈다. 웃고 있는 밝은 갈색의 눈동자가 근사했다. 즐거움과 따뜻함이 묻어나는 갈색이라고 하면 알까.

"나가자."

우리를 기다리는 사람들이 있는 실외 공연장으로 가는 통로 너머에서 바람이 일렁였다. 열어 놓은 출입문으로 초여름의 싱그러운 바람이 불어왔다. 발바닥에 닿는 지면이 그 어느때보다 포근했다.

새하얀 부채를 쥔 손이 낯설다. 나와 장난치고 주먹질하고 과자 하나 더 먹겠다고 움켜쥐던 손이 아니었다. 도는 어른의 손을 갖고 있었다. 그 손이 내 등을 쓰다듬는다.


웃는다, 줄 위에서. 위태롭기 짝이 없는 줄 위에서 수줍게 웃고 있는 도를 올려다보며 나도 그냥 씩, 하고 한 번 웃어 주었다. 우리의 시선이 허공에서 얽힌다. 아침밥을 잘못 먹은 것도 아닌데 자꾸만 웃음이 나오려고 한다. 무뚝뚝하기 짝이 없는 도 녀석이 나를 보고 윙크를 날렸다. 너비 5센티미터의 세상 위에서 도가 발을 찬다. 그 어느 때보다 힘차게 허공으로 솟구친다.

내가 함께 서지 않았던 줄 위의 도를 상상한다. 서른다섯 가지 동작을 혼자 익혔을 도의 지난날을, 공연장을 가득 메우는 장단 속에서 찾아낸다. 허튼타령 장단에 맞춰 양발을 교대로 바꿔 가며 앞으로 걸어간다. 누가 봐도 깔끔한 외홍잽이 동작이었다. 엉덩방아를 찧고 반동으로 솟구쳐 오르며 겹쌍홍잽이 동작을 보이는 도는 줄과 하나가 되어 가고 있었다. 외무릎을 꿇고 쌍홍잽이로 앉았다가 몸을 솟구쳐 줄 위에 섰다. 당악장단에 외무릎을 꿇고 양발을 움직여 앞으로 미끄러지는 도의 줄타기 모습에 사람들은 매료되었다. 줄 위에서 도는 열여덟이 아니었다. 줄 위에서 도는 작은 신이었다. 칠보 거중틀기, 허공잽이, 앵금뛰기 동작을 아슬아슬하게, 그러나 흐트러짐 없이 해냈다. 공연이 점점 끝을 향해 달려갔다.

서로 다른 종류의 두 개의 줄 위에서 우리는 함께 뛰었다. 동공이 열리고 나의 망막에 공중으로 솟구치는 도가 맺힌다. 시신경에 흐르고 넘쳐서 머릿속에, 마음에, 공중에서 찰나의 순간 마주친 도의 모습이 흘러넘친다.

모든 인생에는 완벽한 순간이 있다. 바로 지금이다.

새가 새가 날아든다, 새가 새가 날아든다.

땅을 딛고 선 나도 도와 함께 허공으로 날아오른다. 푸른 하늘을 배경으로 날아오르는 도는 행복하다.

우리는 반드시 혼자 설 수 있게 된다. 이 시기만, 이 터널만 지나면 누구든 혼자 서는 법을 알게 된다. 그것이 줄이 우리에게 주는 선물이다.

셋, 두울, 으랏차!

# 단단한
# 걸음

　나는 줄넘기를 참으로 못하는 어린애였다. 더불어 고무줄놀이도 징그럽게 못하는 여자애이기도 했다. 마음씨 좋은 친구들은 나를 깍두기로 정해 주고 이편 저편에서 고무줄놀이를 할 수 있게 배려해 주었다. 사뿐히 줄을 넘나드는 또래 친구들을 보면서 나의 신체 결함이 무엇일까, 혼자 곰곰이 생각해 보곤 했다. 그러나 특별한 문제점을 발견할 수 없었다. 그저 순발력이 남들보다 조금 떨어지나? 라고 스스로 위로하며 줄로 하는 놀이나 운동과는 '바이바이' 작별을 했다. 평소 내 성격이라면 오기를 품고 끝까지 도전할 법도 했는데, 이상하게 줄넘기와 고무줄놀이는 포기가 빨랐다. 위태롭게 흔들리는 줄을 보면서 도망칠 궁리를 했던 것은 아닐까.

'그래, 흐물거리는 이깟 게 뭐라고. 흥이다, 흥!'

줄 위의 생(生)을 새롭게 바라본 것은 중학생이 되고 나서였다. 민속촌에 가서 본 줄타기 공연은 내게 딴 세상을 선사했다. 흔들리는 줄 위에서 한 발 한 발 내딛는 어름사니의 그 단단한 걸음에 충격을 받았다. 가는 줄을 발판 삼아 허공으로 날아오르는 날랜 몸놀림을 쳐다보며 나는 한참 동안 입을 다물지 못했다. 저토록 위태로운 세상 위에서 어떻게 신명 나게 뛰어놀 수가 있나…….

이 이야기를 시작하면서 나는 안성 바우덕이 공연장을 찾았다. 세월이 흘렀어도 어름사니의 발걸음은 여전히 흔들림이 없었다. 한 발, 한 발…… 줄 위에서 걸음을 뗄 때마다 내 심장은 널을 뛰었다. 공중으로 솟구쳤다 바닥으로 떨어지기를 반복하면서도 어름사니는 절대로 추락하지 않았다. 그러나 줄 위에서 흔들리지 않고 제 걸음을 걸어 내기까지, 어름사니는 얼마나 많은 세월 동안 바닥으로 곤두박질쳤을까.

고리타분한 전통 이야기가 되지 않기 위해 고심하던 중, 슬랙라인을 알게 되었다. 또 다른 줄 위의 이야기가 나에게 찾아왔다. 우리의 전통 줄타기에서 시작된 익스트림 스포츠, 슬랙라인! 유럽 땅에서 만난 슬랙라인은 우리 전통 줄타기에 자부심을 느끼게 하는 계기가 되었다. 빠른 비트의 음악과 슬랙라인 위에서 신나게 몸을 움직이는 젊은 친구들의 모습에서 나는 민속촌에서 만났던 우리 어름사니들의 묘기를 떠올렸다.

더 높고 더 위태로운 줄 위에서도 제 발 아래를 의심하지 않고 신명 나게 놀 줄 아는 그들은, 진정한 '꾼'이었다.

줄넘기와 고무줄놀이에 소질이 없던 여자애는 이제 두 개의 줄 위에서 다시 일어서 보려고 한다. 환한 웃음 속에서 율과 마주했고, 깊이를 가늠하기조차 힘겨운 눈망울 속에서 도를 만났다. 배우 박보검과 연우진 덕분이다. 각기 다른 드라마에서 열연을 펼치던 배우 박보검과 연우진의 모습에서 나는 운명처럼 율과 도를 불러냈다.

위태로운 줄 위에서 두 소년은 내가 생각하는 것보다 훨씬 단단한 삶을 살아 내고 있다. 그들의 건강한 발걸음이 줄넘기와 고무줄놀이에 소질이 없던 모든 이에게 희망과 즐거움으로 다가가기를 꿈꾼다. 또한 잊혀 가는 우리 전통 문화를 다시 한 번 돌아볼 수 있는 계기가 되었으면 한다.

줄타기 공연장에 늘 동행해 주신 아버지, 율과 도를 응원해 준 야금이, 항상 격려해 주시는 김서정 선생님, 그리고 『라인』을 위해 애써 주신 사계절출판사 식구들께 감사 인사를 드린다.

발아래 세상이 위태롭게 흔들릴지라도, 나는 건강한 글을 쓰고 싶다.

2017년 9월, 국립어린이청소년 도서관에서

으랏차차, 이송현

# 라인

2017년 9월 5일 1판 1쇄
2019년 3월 15일 1판 2쇄

**지은이** 이송현

**편집** 김태희, 장슬기, 나고은, 김아름 | **디자인** 김지선
**제작** 박홍기 | **마케팅** 이병규, 양현범, 이장열

**인쇄** 천일문화사 | **제책** 정문바인텍

**펴낸이** 강맑실
**펴낸곳** (주)사계절출판사 | **등록** 제406-2003-034호
**주소** (우)10881 경기도 파주시 회동길 252
**전화** 031)955-8588, 8558 | **전송** 마케팅부 031)955-8595  편집부 031)955-8596
**홈페이지** www.sakyejul.co.kr | **전자우편** skj@sakyejul.co.kr
**블로그** skjmail.blog.me | **페이스북** facebook.com/sakyejul | **트위터** twitter.com/sakyejul

ⓒ 이송현 2017

ISBN 979-11-6094-101-2 44810
ISBN 978-89-5828-473-4 (세트)

이 도서의 국립중앙도서관 출판예정도서목록(CIP)은 서지정보유통지원시스템
홈페이지(http://seoji.nl.go.kr)와 국가자료공동목록시스템(http://www.nl.go.kr/kolisnet)에서
이용하실 수 있습니다.(CIP제어번호: CIP2017017014)